送給妹妹的彩虹

廖玉蕙 著

自序

阿嬤，妳的眼睛裡有彩虹

二〇一〇年九月起，政府宣布每年八月的第四個星期天為祖父母節。這在老年人口驟增的時代，格外具有意義。社會風氣丕變，不婚族及頂客族越來越風行，阿公阿嬤有孫可疼、可愛，是人間美事一樁；但若遇年輕父母無法親自哺育教養，祖父母不得不一肩挑起代兼教養的重責大任，自然也難免萌生老而彌「艱」的喟嘆。但無論是享受或承擔，擔任祖父、祖母的現代人似乎都有相同的困惑，你可以歸諸時代輪軸轉出的變異，也可能是步履蹣跚、追趕不及的惶然。

我有幸在三年前榮膺阿嬤的頭銜，先後出生的兩個小孫女，讓我逐步見識了生命的奧義，成長的驚奇，那是與三十餘年前擔任母親時迥異的經驗。當時，年富力強，銳意向前，雖也兢兢業業養育兒女，但腳步匆促、心情焦慮，眼睛無暇仰視藍天；如今，當了阿嬤，開始有了餘裕，無論是時間或心情，較能以一種旁觀的角度欣賞、玩味，並加以歸納分析。

時代真的很不一樣了。老人總是心下惘惘然，空自積累了一身養育的武藝，卻頓成空虛。拜網路無遠弗居之賜，今之父母養兒育女已不靠傳承，他們慣於向雲端取經，吃什麼？用什麼？發燒怎麼辦？過敏又如何？父母或祖父母等前輩的經驗已不再有用武之地，他們在育兒網裡相濡以沫，搜尋最年輕的資訊。

傳統開始崩解，祖父母的經驗優勢既然盡成灰燼，當然也無法再享受相對的尊榮。一回，我看到孫女可愛有禮，不免感激地對媳婦嘉勉一番：「謝謝妳把孫女教養得那麼好。」媳婦隨口回說：「媽！您怎麼這樣講，她是我的女兒欸。」我錯愕之餘，不禁開始細細思考「謝謝妳把孫女教養得那麼好。」這句話的眉角。明明孫女是媳婦所生養，為什麼我要越俎代庖去謝謝她？雖然，我也可以辯解：「股東大會上，小股東也可以向賺錢的大股東獻花啊！」但感謝的話裡分明暗藏封建時代的餘習，全然是《紅樓夢》裡賈母高握權柄的一家之主的「氣口」，是我一向引以為戒的，卻在不經意間流露出來。我因之體悟威權必須在這些小地方徹底解體，人生才能順當地往前奔去。

但凡當上阿公、阿嬤，大多已開始走在秋天的路上，對子女的愛卻毫無疑義地依然如夏日之豔，如春風拂面般及於媳婦及孫女。從兒女出生後，所有做父母的應該都曾相互砥礪，要盡己之力，給孩子過最美好幸福的生活，讓他們長大後能心無旁騖地追求生命中的繁花盛景；在兒子媳婦開始展開他們護佑兒女行動的當兒，我以為祖父母必得提醒自己徹底退位，旁居輔佐，無論孫女的命名、穿著、飲食、教育……都不再攬事居功。老人家只須退而負責娛樂、分享，在孫女的父母尋求奧援時，才被動伸出援手。當然，得到充分自主的下一代，也得自我擔承獨立自主後的責任。人生的四季便是這般各具風情的流轉綿延。

前些日子，全家圍坐陽光閃爍的餐廳共進早餐。我拿出剛寫好的稿子循例念給家人聽。剛念完，小孫女偏著頭很認真地跟我說：「阿嬤！妳剛才在念故事的時候，眼睛裡有彩虹欸。」像詩一樣的語言出自一位年方三歲的幼童嘴裡，猶如天籟，阿嬤不禁要熱淚盈眶了。

歲月不羈，小孩會長大，大人無法扼抑地老去，偶在路口邂逅昔日故人，驚喜互道寒溫之後，轉身背道而行，能否再見，都在未知之天。偶在午後隨想，總不勝唏噓，記取的、忘記的；今日識得的，是漸行漸近抑或幾日後茫昧不復記省；先前邂逅的，是早成雲煙？抑或不時掛懷？這到底依據什麼樣的因緣來決定？其中又有多少奧妙？

昨日傍晚，阿嬤從「飛頁書餐廳」演講出來，穿越斑馬線，忽見一對年輕男女就站在十字路口附近的紅磚人行道上冒雨熊抱熱吻。乍然瞥見，一度誤認成街頭藝術的新雕塑，如此不顧一切地、定定地狠命擁抱，引得周遭撐傘行人的頻頻回顧及竊竊私語。

也許是纏綿的幸福，但在雨水助陣下，卻顯得如此熾烈悲傷，彷彿這一吻後就是永別了。「這對年輕男女，幾十年後，會是天成佳偶？抑或只是生命中的曾經？」我不禁悵悵然揣想著。

回到家，打開大門，兩個孫女飛撲前來。「想阿嬤！」「愛阿嬤！」的聲音，繼之久久迴繞。啊！如果真有前世，這山高水深的緣會，必然是前世預約好了的今生，我多麼的幸運。

是的，因為感受到幸福，阿公阿嬤的眼睛裡都有彩虹！阿嬤開心之餘，也要祈願這樣的幸福不只是我們和小孫女的專利，所有天下的祖父母及小朋友也都能感受到同樣溫暖的愛。

海蒂畫下的彩虹，不止送給妹妹諾諾，也希望能送給所有心中懷愛的人。

輯一 送出去的彩虹——情意的開發

送給妹妹的彩虹

今日的雲抄襲昨日的雲

是這樣纏綿的孩子

合縱連橫的人際

—輯二—

用童言寫詩——表達的學習與精進

用童言寫詩

攝影的嘗試

一輯三一 我來我來——生活技能的學習

自我意識的覺醒

獨立時代

學會優雅

輯五

閱讀驚豔——尋寶與發現

一輯六一

愛恨怨嗔——簡單之「最」

—輯七—

弄孫記——愜意的人生

阿嬤的心動神馳時刻

延長的戰線

阿嬤跟小孫女過招

阿公阿嬤被小孫女啟蒙了

—輯八—

諾諾來了

弄孫心得

相認密語

—輯一—

送出去的彩虹——情意的開發

送給妹妹的彩虹

2Y10M 櫻花樹下的露營

學生寄來了一張寫滿感謝語的漂亮卡片。卡片上，是一株粉紅的櫻花，粉紅中還撒滿晶亮的金粉。兩歲十個月大的小孫女海蒂看到了，愛不釋手，問：「這是要送給誰的？」阿嬤說：「這是學生送給阿嬤的。」「為什麼她要送妳卡片？她很愛妳嗎？」她追問。阿嬤一時語塞，但從卡片裡學生寫得密密麻麻的文字，海蒂的說法雖不中亦不遠矣，於是阿嬤大膽推論：「應該是吧。」

海蒂想來是很喜歡這張卡片的，不停追著問東問西：「這棵是什麼樹？」「是櫻花。」「櫻花為什麼會發亮？有燈嗎？」「沒有，因為太陽照射反光，感覺好像閃閃發亮。」……諸如此類，這是她覬覦某種東西的慣技。於是，阿嬤將卡片裡頭獨立的一張寫了字的薄紙小心撕下來，將印著漂亮櫻花的硬卡片轉送給她。

她興奮極了，還明知故問：「阿嬤為什麼要送我？」「妳說咧？」「因為阿嬤愛我。」那就對了，阿嬤說：「學生愛我，所以送我卡片；我愛妳，知道妳喜歡這張漂亮的卡片，所以，把它

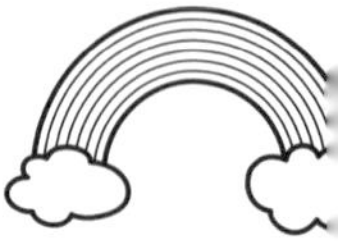

轉送給妳；但是裡面學生寫給我的字很寶貴，我要自己保留起來。」她拿著卡片，若有所思，然後，取下她慣用的玩具計算機在上面按來按去，邊按邊說：「這是阿嬤送給我的愛心，我要好好保管，現在把它記下來。」她一向拿這個計算機當作她的人生摹擬紀錄器。

阿嬤說：「這株櫻花好大、好漂亮，我們可以假裝在櫻花樹下散步。」海蒂立即舉一反三，補充：「阿嬤可以在樹下說故事給我跟妹妹聽。」她把卡片立在桌上，卡片站著，像個帳篷似的向兩邊撐開，海蒂說：「我們還可以睡在帳篷下仰著頭看櫻花。」然後，她將自己縮進透明的玻璃桌下仰起頭假裝在櫻花樹下賞花。

「真是無可限量的想像力啊！」阿嬤在心裡讚歎著。於是，阿嬤加碼建議不如找來妹妹一起躺到書房的沙發床上，將卡片拿得高高地遮在頭頂上，然後，三人就在櫻花樹下露營起來。

3Y5M 人生的第一封信

過了七個月後的一個黃昏，妹妹諾諾胡亂搜查阿嬤的皮包，搜出一封她媽媽寫給阿嬤的卡片。姊姊海蒂看到了，好奇地問：「這是什麼？」「妳媽媽寫給阿公、阿嬤的信。」「為什麼我媽媽要給阿公跟阿嬤寫信？」「因為阿公、阿嬤最近常照顧妳和妹妹，媽媽特別寫卡片謝謝阿公、阿嬤。」

「上面寫些什麼呢？」她好奇了。阿嬤神祕地低聲附耳說：「這本來是祕密，不過，既然妳想知道，我就把祕密跟妳分享囉。」阿嬤把信念出來給她聽。

海蒂聽完後，沉思片刻，問：「感謝就可以寫信嗎？」「是啊，不好意思當面說的話可以用寫的；如果太遠了不容易見面，也可以寫信，請郵差幫忙送去。」

海蒂又想了一下，忽然跟阿嬤說：「那我也想寫一封信，可是我不會寫字。」阿嬤熱心表示願意代筆，免費提供服務。她說她想寫信給她的兩位好朋友Brooke和QQ。於是，她口述，阿嬤記下。以下就是她平生寫的第一封信：

「Brooke & QQ

謝謝在我家裡玩醫生組遊戲。我要做一個飯糰給你們兩個吃。海蒂敬上」

她還在信的後方畫上愛心和飯糰。

寫完信後，她越看越滿意，隨即興致勃勃開始穿衣、穿鞋，拿著信就要去寄。阿嬤跟她說：「妳又不知道Brooke和QQ的地址，郵差沒辦法幫妳送。……這樣好了，阿嬤幫妳Po在臉書上，請Brooke和QQ來臉書上看好嗎？」

臉書Po出了海蒂平生所寫的第一封信後的兩個鐘頭，Brooke的媽媽Apple在阿嬤的臉書上，貼出Brooke對海蒂深情的回覆：「Brooke好想海蒂哦！謝謝海蒂姊姊！」還附上一張Brooke對著電腦稱謝的照片。海蒂歡天喜地且萬分鄭重地親自按了讚。兩個半鐘頭後，這封信的下方，QQ的媽媽Amy也在臉書上送來了一張飯糰的照片，寫著：「QQ說這是要送海蒂姊姊的飯糰。」海蒂眼睛發亮，不但按讚，還慷慨地揪了妹妹坐在電腦前，兩人輪流用小手假裝取

龍馬二妹

送給妹妹的彩虹

了電腦上的飯糰往嘴裡塞。臉友們一旁熱情響應，都說：「阿嬤多了一項工作：代書。」

3Y6M 送給妹妹的彩虹

沒料到海蒂嘗到了書信卡片溝通的好滋味，決定再接再厲。過了約莫一個月後的傍晚，妹妹睡著了，百無聊賴的她在姑姑的陪同下，畫了一張彩虹。或許是聯想起往事，她興高采烈拿了圖畫到書房，跟阿嬤獻寶：「這是我要送給妹妹的彩虹。」阿嬤做出驚喜狀，說：「哇！這麼好，諾諾好幸福，有姊姊這麼疼她、愛她。」海蒂很高興地說：「我想在上面寫字。阿嬤可不可以幫忙？」

阿嬤說沒問題啊，隨手拿了一枝筆，問她要寫什麼？海蒂說：「不要阿嬤寫，請阿嬤幫忙我寫。」她挑了一枝紅色的粉彩筆先在旁邊的紙上試顏色。阿嬤說通常不能夠用紅筆寫人家的名字，這樣不吉利；她換挑了一枝黃筆，寫了幾畫，很不清楚；於是，又換上一枝藍色的原子筆。她說：「我來念，妳教我寫。」她作勢讓阿嬤抓著她的小手寫，她想自己親力親為（沒料到「代書」工作只做了一回，就被炒魷魚）。於是，阿嬤抓著她的小手，複寫了她念的句子：

「送給諾的彩虹　海蒂敬上12.27」

隔了半個鐘頭，妹妹醒了，在後面的臥房哇哇啼哭。海蒂一馬當先，開心地捧著這張畫奔去贈送。沒料到正哭鬧著的妹妹起床氣未消，把她的畫一甩，甩出床去。嘴裡還嚷嚷：「我不要啦！不要啦！」姊姊黯然下床拾起，負氣地說：「以後都不送妳了啦，為什麼丟掉我的彩虹？」

阿嬤一邊抱起啼哭的妹妹，一邊跟姊姊解釋：「妹妹不是故意的，她還沒真的醒來哪，還在作夢。等她完全清醒，就會謝謝妳畫這麼漂亮的彩虹送她的。」姊姊無法釋懷地哽咽，說：「她都講話了，怎麼是還沒睡醒？」啊！面對這人生無可避免的困境，阿嬤也詞窮啊！

阿嬤忽然想起豐子愷〈做父親〉一文裡的喟嘆。春日早晨聽見賣雞隻的吆喝聲，他隨著擲筆飛奔下樓的稚齡孩童奔出門外，和挑擔者展開討價還價，孩子卻在一旁用渴慕的眼神催促「要買！要買！」面對刁巧的挑擔者和因買賣失敗而痛哭的孩子，他本想教導孩子談判的機巧：「看見好的嘴上應該說不好，想要的嘴上應該說不要。」但在一片天真爛漫光明正大的春景中，他說：「哪裡容藏這樣教導孩子的一個父親呢？」同樣的，在這樣茫昧的黃昏，又哪容得下阿嬤跟一位三歲餘的小童言說：「人生悖逆更甚於斯者還在後頭，妳得設法學會接受無常反覆的人際！」

今日的雲抄襲昨日的雲

2Y4M 承蒙孫女不棄

海蒂忽然發現阿嬤的書櫥裡有一尊女學生的公仔，大頭小身子，穿著台中女中的綠色制服（這是阿嬤當選第一屆傑出台中女中校友的獎賞。啊！真歹勢，阿嬤在台中女中讀書時，分解因式從來沒分解出來過，數學老低分掠過。）高興極了。抱到客廳，放桌上，跟阿嬤要了紙筆，要求阿嬤：「畫娃娃。」阿公正洗澡，沒有繪畫天分的阿嬤推託：「畫畫要找阿公，阿嬤不會，等阿公洗完澡，教妳。」

海蒂說風就是雨的，不依。阿嬤不得已，只好照著胡畫一通，沒料到海蒂相當欣賞，頻頻拿著公仔放紙上和圖畫對照，說：「好像。」承蒙孫女不棄，阿嬤高興得手足無措，沒料到小孫女加碼讚美，用手比畫著說：「捲起來，我要送給爸拔。」不只捲起來，還要求用橡皮筋圈住。阿嬤的繪畫處女作竟得到這位專家的青睞，真是榮寵之至。

3Y 海蒂的生日願望

今日是海蒂三歲生日。早上，阿公阿嬤和小姑姑興高采烈給她唱生日快樂歌，小傢伙居然不領情，頓時垮下臉來，拂袖而去。

被潑了一盆冷水，阿嬤好生氣，問她為什麼？她說不上來，也不肯道歉，阿嬤罰她到書房想一想。

她到書房許久，到門邊探頭探腦，假裝跟妹妹說話。阿嬤問她是不是要出來道歉，她又躲進去，就是不肯被動聽人指揮。

又過一陣子，她才主動出來說對不起。阿嬤再度問她為什麼生氣？她說：「我心情不好嘛。」阿嬤曉以大義，囉哩囉嗦告訴她做人的道理，問她：「這樣，明白了嗎？」她說：「我的生日星期六又還沒到。」小姑姑拿出手機給她看日子：「今天就是星期六。」她才俯首稱是。被處罰的生日，希望海蒂別記在心上。

三歲的小孩該長成什麼樣子，曾經養了兩個孩子的阿嬤已經沒有印象。但兒子從小口齒伶俐，很會反覆辯證，想像力豐富；女兒乖巧可愛，笑臉常開，敦厚多情。看起來海蒂頗得父親真傳，但她心思細膩，較鑽牛角尖。

午後閒聊，阿嬤慢慢理解孩童自己可能說不出的彆扭。在她的經驗中，唱生日快樂歌時，必須一家環繞著蛋糕吹蠟燭，但前晚她爹娘下南部辦事，至今未歸，她或者因此心下悵然。

昨晚，她追問阿公為什麼買冰淇淋，阿公信口說：「慶祝妳的生日啊！」她居然仿大人之說，回答：「你少來！」嚇得阿公阿嬤張口結舌。

而原本星期五以為會舉家南下，要請假不上學的，所以，學校老師跟同學提前在星期四為她慶生唱歌吃蛋糕。

到底哪一天才是她的生日？她一定被搞糊塗了。是那樣的錯亂，讓她今早聞歌錯愕不耐？小小年紀的她在複雜的人生裡，勢將逐漸投入這般的繁雜又矛盾中，纖細敏感如她，以後預料將有無限的困擾。

相較於姊姊的喜怒無常，諾諾可就穩定多了。雖然她頗不服姊姊，脾氣上來時也會不顧一切，和姊姊一較短長。但大多時候，總是一臉的笑。會撒嬌，表情豐富，時刻開心，最得大人歡心。她容易被取悅也願意取悅人，跟姊姊迥然不同。

姊姊特立獨行，阿嬤最擔心她將來與體制不合，要吃上許多苦。想來參與社運是早晚的事，她在家裡已然是徹底的反對黨，阿嬤揣測翁山蘇姬和切．格瓦拉將會是她崇拜的偶像。無論如何，阿公阿嬤誠心祝福小孫女不但生日快樂而已，且天天都能開心。

前陣子母親節，女兒海蒂的托兒所邀請爸拔媽媽去學校看小朋友上台唱歌，海蒂混跡其中，唱完歌，飛奔下來親吻媽媽時，這位太太哭得涕淚淋漓。阿公阿嬤看著爸拔在手機上的現場錄影，都笑她演很大、太誇張，她一下子眼睛又紅了，說：「沒想到彷彿才剛生下她，怎麼一轉眼會唱歌娛親了！」

海蒂的三歲慶生節目在父母回家後的夜裡展開。大家圍坐在海蒂自挑的熊貓蛋糕前，合唱生日快樂歌。唱兩遍後，爸拔請她說出兩個願望，另一個藏在心裡。

海蒂想了想，說：「希望大家都平平安安。」眾人驚歎，不知她從何學到。媽媽驚喜的眼淚瞬間迸出。第二個願望呢？她扭著身子想了又想後，居然說：「希望阿嬤可以找到東西。」爸拔追問：「找到什麼東西？」她補充：「找到她所有想找到的東西。」所有想找到的東西？怎會這樣！阿嬤成天找東西，難道她都看在眼裡、記在心上了？阿嬤啼笑皆非，阿公、姑姑和爸拔哈哈大笑，諾諾傻笑，媽媽則為了三歲小女兒居然已能說出既宏觀又微細的願望，而感動得眼淚嘩嘩流下。至於阿嬤，打算洗心革面，痛改迷糊行徑，在短期內一定不負「孫望，成為一個堂堂正正的阿嬤。

3Y1M　今日的雲抄襲昨日的雲

媳婦生日，昨晚便跟兒子說好，全家人聚著吃頓晚餐慶祝。

中午，阿嬤訂好在忠孝東路的「芳庭彼得餐坊」。上回，全家人吃了都覺滿意，海蒂尤其青睞燉飯上的小牛排。在臉書上通知媳婦，媳婦回覆：「吃這麼好，太開心了。」阿嬤回她：「媳婦只有一個，很珍貴的。」

黃昏，一行五大二小，浩浩蕩蕩前往。餐點好，每道菜都很可口，堪稱色香味俱全。等候餐後咖啡時，兩個小傢伙沉不住氣，拉著阿嬤玩陌生人遊戲。走啊走的，到了擺放甜點的櫃前，老闆娘親切地蹲下來問海蒂：「飯後的甜點妳想吃什麼？布丁還是蘋果派？」海蒂看著老闆娘說：「可是，我媽媽今天生日欸！我想……」老闆娘真貼心，沒等她說完，旋即接話：「那我明白了。」

阿嬤知道，海蒂沒說完的話是「我想要一個生日蛋糕」。因為剛剛從204公車下來時，她一眼就瞧見左側路旁的店招上懸掛了客製化蛋糕廣告。她跟阿嬤說：「我們買一個蛋糕吧！今天是媽麻的生日。」阿嬤不想吃蛋糕，假裝沒聽清楚。沒想到，海蒂還沒放棄，阿嬤趕緊拉著她走開。

咖啡一直沒上來，正當大家有些不耐了，老闆娘竟然捧出一個現做的巧克力蛋糕，上頭還插了幾枝happy birthday蠟燭，引來一陣驚訝的歡呼聲。老闆娘在桌前點亮閃光的蠟燭時，笑說：「生意做了二十多年，第一次有小朋友跟我要生日蛋糕，你們的小孫女太成熟了。」阿嬤的眼淚差點飆出，媽麻當然也是。

切蛋糕後，海蒂循例要媽媽公開說出兩個願望，像她生日時一樣。海蒂的媽媽說，第一個願望是：大家都平平安安的；海蒂問第二個願望，她媽麻說：「希望阿嬤都能找到東西。」然後頑皮地跟海蒂說：「妳問我：找到什麼東西？」海蒂遵囑問了，媽麻接著說：「找到想要找的東西。」

媽麻明顯抄襲海蒂上個月生日時所說的願望！全家人笑得前俯後仰，咸認這句話真是經典名句。「今日的雲抄襲昨日的雲」，阿嬤陡然覺得這句詩好美。

1Y9M 不斷練習說再見

昨日，出門旅行多天的海蒂一家子，終於在阿公阿嬤的熱切期盼下，風塵僕僕地回到台中老家，和阿公、阿嬤、小姑姑會合。

穿著蝙蝠俠披風的海蒂睜著晶亮的眼睛，靜靜出現在廚房門口時，阿嬤正拿著鍋鏟炒著透抽和綠花椰菜，不小心回頭瞥見，她立刻露出篤定的笑容，伸出小手，說：「阿嬤抱抱！」真如天籟般動人。阿嬤顧不得鍋子裡的透抽會不會老去，丟下鍋鏟，迎了上去抱個滿懷，這才發現嚴冬裡女蝙蝠俠竟然穿著單薄的短袖。

全家像吃團圓飯般的興奮。阿嬤在眾人欣羨下，被海蒂欽點「餵餵」的任務，感到無限榮寵。吃過正餐後，海蒂領著阿嬤到客廳，先搬出做飯的道具，然後自己坐上沙發，指著旁邊的位置，對著阿嬤發號施令：「陪。」阿嬤乖乖跟她併肩坐著，這回，換孫女餵阿嬤吃菜。海蒂目前熱衷切菜、做菜的遊戲。現代的玩具設計得逼真，海蒂的廚房裡應有盡有，番茄、馬鈴薯、南瓜、大白菜、高麗菜、西瓜、柳丁、洋蔥、紅蘿蔔……等水果青菜外，連刀子、砧板、盤子都有。

海蒂躍下沙發，開始主中饋。先切幾樣菜入鍋，炒過後請阿嬤先嘗，阿嬤大吃一口後，偏著頭說：「嗯，好像淡了點。」海蒂立刻拿出小盤子在桌子下搖過來搖過去地裝鹽巴，嘴裡喃喃說著：「抹鹽巴。」然後翻炒，再遞給阿嬤吃，直到阿嬤露出砸嘴舔舌的滿意表情說：「真是太好吃了！謝謝。」她才歡笑開來；然後，間不容髮地努力繼續切下一鍋的菜。

海蒂做菜做得辛苦，一鍋又一鍋的；阿嬤努力配合吃菜，也吃得不容易。吃完飯，接著蒙被玩捉迷藏，阿嬤使出渾身解數掀開、遮蓋，海蒂格格的笑聲穿越窗櫺。童言稚語解頤又暖心，阿嬤因為操勞新聞裡國事的險歙而飆升的血壓逐漸復元。

對大便在尿布裡開始感到難堪羞愧，會背過臉哭泣；洗頭時不再哇哇大哭；洗過澡後雖然不斷說：「要玩玩！」一度不肯起身，但在阿嬤陸續將玩具從浴盆撈起，說：「小鴨累了，要起來睡覺，再見！」「對不起，杯子想睡覺了，掰掰！」「球球也要走了，要去換衣服了。」她一看浴盆裡只剩了自己，只好乖乖起身。

稍晚，舉家出門散步。雖然是不圓滿的月亮，卻仍氤氳高掛。海蒂在回程的行人道上，舉頭看到月亮，驚喜地跟阿嬤說：「月亮。」阿嬤說：「真的是月亮哪！月亮看起來很高興，要不要跟她說說話？」

「嗨！月亮。」海蒂仰著頭、揮著手，大聲地跟月亮打招呼。「月亮，妳好嗎？」阿嬤也抬起頭跟月亮問好。接著，海蒂忽然往後跑啊、跑地，去跟媽麻要求：「機。」然後，取過手機的她把手機放在耳邊，開始跟月亮通電話。阿嬤捂著耳朵、刻意發出低沉的聲音裝月亮，問她：「嗨！妳好。海蒂乖嗎？」海蒂很務實，沒上當，把手機遞給媽媽說：「阿嬤。」示意媽媽回應阿嬤的電話。

阿嬤實在太愛小孫女了，情致纏綿地緊抱著她，注視著她的眼睛跟她說：「等一下又要分開了，阿嬤要回台北阿嬤家，海蒂回海蒂家，阿嬤實在太愛妳，會很想妳，會哭哭，怎麼辦？」小孫女眼裡有淚，紅著眼眶回說：「去找阿嬤。」

老人家彷彿不停地練習離開，孫女則不斷練習說再見。聚首與分離的高興與悲傷，將在人生的途程中逐漸變成尋常；遲早有一天，小孫女將會習慣繁華散盡時不再惆悵，可以揮一揮手，不再眉頭深鎖，眼眶泛紅，但阿公與阿嬤呢？

分手後，現實又回來了，明明醒來時標準的血壓，在看了混亂的電視新聞後又開始狂飆。兒子來電詢問月底掃墓事宜。言猶未了，阿嬤問：「我的降血壓藥呢？」兒子回說：「妳最好別太依賴降血壓藥，副作用……。」阿嬤搶著回說：「我說的這種降血壓藥應該不會有什麼副作用吧？」

兒子恍然大悟，趕緊將電話遞給小孫女。啊！阿嬤的降血壓藥就是天籟般的「阿嬤抱抱」呼叫聲啊！

2Y7M 我們都一起吧！

台中庭院中的花架旁，種了一株俗名粉撲花的合歡，像極了小孫女海蒂可愛的粉色臉頰，幾次帶她南下台中時，家人總告訴小海蒂：「這棵樹是特別為妳種下的。」

前幾日，無意中在電腦裡看到一株合歡，花事爛漫，讓人驚豔。海蒂開心地跟阿嬤獻寶似地說：「這是海蒂的花。」阿嬤嘉許她聰明，她高興地說：「小鳥常常來偷吃海蒂花，牠為什麼要偷吃我的花？」阿嬤說：「因為花裡有小鳥喜歡吃的食物，牠肚子餓。」

海蒂似懂非懂，隨即指點阿嬤：「海蒂花旁邊有一棵阿太的樹哦！」她記住我娘種的那株原先拒絕開花的櫻樹了，平常叨叨跟她隨口說的話，她都往心上記了。忽然，話鋒一轉，海蒂抬頭問阿嬤：「那阿嬤的樹是哪一棵呢？」阿嬤點出臉書上老家白色圍牆邊的楓樹說：「阿嬤的樹就是這棵『楓樹』。」海蒂點點頭。

接著，當畫面出現圍牆邊才開了幾朵的梅花時，海蒂納悶地問：「這一棵是誰的樹？」我愣住，隨口說：「我們就當它是媽媽的樹吧！」海蒂又接著問：「那阿公的樹呢？是哪一棵？」

她的聯想力未免太豐富，阿嬤差點兒詞窮，只好跟她說：「阿公還沒有屬於他的樹，我們下次回去時，跟阿公一起到院子裡看看。那時，再請他挑選一棵吧。」

海蒂開心地拍手說：「我們一起吧！」我們一起吧！一句學舌的話，讓阿嬤差點感動地流下淚來。「以後我們都一起吧！」阿嬤忍不住在心裡默默地說。

2Y11M 想好久

到日本旅遊幾日，每到一地，找的都是給小孫女的禮物，而為防兩個小傢伙爭風吃醋，阿嬤總費心地一式購買兩份。

海蒂在阿公阿嬤出門旅遊時進了學校，初始頗怡然自得，她爸在Skype裡報告：「海蒂在學校很乖，還會幫老師管秩序，糾正小朋友的脫序行為，儼然要把班長拿起來當了。」曾開設幼稚園的姨婆，隔海告訴阿公阿嬤：「別高興得太早，許多小孩到第四或五天的時候才發作。」果然薑是老的辣，狀況在第四天出現。媽媽要和海蒂分開時，海蒂哭得肝腸寸斷。據說，媽媽因此心情大亂，守在看不見的角落跟著哭了，阿嬤在日本的公車內看到她娘在臉書的報導，也心疼不已。

午後，兩位小孫女來訪。海蒂跟阿嬤在書房內看旅遊照片，抬頭問阿嬤：「阿嬤，你去日本幾天？」阿嬤不防這一問，還屈指算了算：「六天。」海蒂接著說：「我等你們等好久哪！」聲音哽咽。阿嬤心裡一動，問：「想阿嬤嗎？」海蒂斬釘截鐵說：「想好久。」阿嬤只能跟她說：「對不起，真的去太久了，阿嬤也好想妳！」她接著說：「明天，我要跟阿公阿嬤一起回台中去。」阿嬤不敢接話，因為媽媽認為她還在開學適應期，不好請假南下。阿嬤光想著偷偷背著她回去台中老家，就難過極了。

3Y 是這樣纏綿的孩子

前晚，兒子開車載著全家從大稻埕回來，阿公在杭州南路家門口下車，阿嬤則直到古亭才下車。海蒂問：「阿公為什麼先下車呢？你們不是要到我們家玩嗎？」阿嬤說：「今天不能去陪妳玩，阿公先下車是趕回去倒垃圾；阿嬤要在前方下車去看醫生。」海蒂問：「妳為什麼要看醫生？生病了嗎？」阿嬤回說：「阿嬤的眼睛不舒服，所以要去看眼科醫生。妳看，阿嬤的眼睛是不是有些腫腫的？」

暗暗的車子裡，海蒂認真地扳過阿嬤的臉檢查雙眼，同情地說：「真的腫腫的！……妳的眼睛為什麼會這樣？」阿嬤說：「我也不知道，所以才要去讓醫生看看到底怎麼啦。」

昨晚，闔家在外頭的餐廳慶生完畢，阿嬤、阿公又搭爸拔的便車回家。半路上，海蒂忽然問阿嬤：「阿嬤，妳昨天去看醫生，醫生有告訴妳為什麼眼睛生病了嗎？」阿嬤愣了一下，沒料到這麼小的孩子居然還記得昨晚的問答，側過身回答：「謝謝海蒂還記得阿嬤去看醫生，還關心阿嬤的眼睛，真是超級感動！謝謝妳哦。」暗夜裡，海蒂的眼睛亮亮的，仍等待著答案。

醫生其實並沒有說明具體的原因，只說有些過敏，不太嚴重，但阿嬤還是將自我診斷的結果講給孫女聽：「因為阿嬤看太久的電腦，所以眼睛不舒服。」小孫女叮嚀：「阿嬤以後不能當太久的『電腦阿嬤』了，不要常常看電腦。……醫生有給妳眼藥水嗎？妳需要點眼藥水嗎？上次我點眼藥水後，眼睛好痛，阿嬤妳痛痛嗎？」阿嬤說：「一點點痛，幸好沒有太痛，妳別擔心。」

海蒂的媽媽打蛇隨棍上，隨即展開機會教育：「阿嬤不能在電腦前坐太久，海蒂也不能看太久的 **iPad**。」海蒂若有所思，阿嬤卻已經到家，下車。海蒂嘟起嘴，俛首低眉，嘔氣不肯說再見。海蒂一向不喜歡跟阿公阿嬤分開，絕不說再見，是這樣纏綿的孩子。

3Y1M 數日不見，如隔三秋

電話那頭，海蒂用著大人的說話方式問：「阿嬤，你們從馬來西亞回來了嗎？……我們可以去找你們玩嗎？」

於是大小四名翩然而至。據說海蒂在回阿嬤家的車程中，已經佯裝擦粉塗胭脂，準備跟阿嬤玩結婚遊戲。一進門，阿嬤立刻獻寶地取出旅途中在錫舖子自製的錫戒指，海蒂非常高興地戴上，沒多久，卻還是轉身找尋她在幼稚園自做的彩色珠串戒指。看來金銀的華麗收買不了孩童，海蒂喜歡彩色繽紛。

一整晚，全家人上了熱鬧的一課，阿公、阿嬤、爸爸、媽媽、姑姑和諾諾都變成同窗共讀的同學，擔任老師的海蒂架式十足地指揮。一下子要大家起立，手牽手繞圈圈；一下子要大夥兒學蝴蝶滿場漫飛。阿嬤舉手發問，她俐落地揮揮手說：「現在不是發問的時間，請把手放下。」爸爸說他想要上廁所，海蒂露出好麻煩的表情請他快去快回。誰的姿勢不到位，她必加糾正，等閒不得含糊。上她的課，還真是得全神貫注，是個嚴格的老師。唯一搞不定的是在其間遊走搞破壞的諾諾，一碰上諾諾，海蒂只能無奈地嘆口氣。

爸媽吆喝要回家了，諾諾原本在規畫中要留在阿嬷家，海蒂得上學，沒料到海蒂斬釘截鐵：「我也要留在阿嬷家，讓阿公明天送我去上學。」入夜，海蒂和阿嬷躺在床上，忽然跟阿嬷說：「阿嬷，我好想跟你們去馬來西亞呦！」阿嬷說：「好啊！下次阿公阿嬷出國時帶著妳去。」她接著好奇地問：「妳去馬來西亞有人嗎？」「是什麼意思？」阿嬷問。「馬來西亞有誰在那裡等妳呢？」她說。阿嬷想她的意思應該是問阿嬷去馬來西亞找誰。阿嬷說：「阿嬷去找好多人，大部分是不認識的人。」

「妳為什麼要去找不認識的人？」看來她更好奇了。「阿嬷去那裡跟不認識的人演講，希望他們多買書、看書。」「我有很多書了。」她驕傲地說。

我想起她第一次看見韓良露時，莫名其妙跟她炫耀：「我們家也有很多書」的往事，想來她覺得看書是一件重要的事。阿嬷岔開話題問：「妳長大以後，想跟阿嬷一樣去演講嗎？」「我已經長大了，妳看！我的腿變得很長了。」她撩起被子跟阿嬷比腿長，隨後謙虛地說：「可是我不敢去演講，我不會演講。」「沒關係的，阿嬷小時候也不會，慢慢看書、上學，阿嬷慢慢教妳，以後也許就會了。……」

3Y7M28D 雖然什麼話都沒說

這次，海蒂沒有回答，阿嬷探過身一看，她已經睡著了。

因為跟父母相聚的時間被學校跟父母經營的「行冊餐廳」所剝奪，海蒂黏媽媽黏得緊。白日還好，到了晚上，無論爸媽多晚回來，由阿公從學校接回來吃晚餐的她，堅持一定要等爸媽來接她回去睡覺。

昨日，爸媽為解決公司的事，打電話回來，要求讓海蒂在阿嬤家睡下。阿嬤說：「只要妳女兒答應，我們沒問題。」電話到了海蒂手中，她表情凝肅，聽了許久，最後還是說：「沒關係，我要等你們來接我。」態度很堅定，看來沒什麼好商量的，意思就是：再晚也要回去睡覺。關於在阿嬤家睡覺的問題，阿嬤曾經跟她說了又說，動之以情，誘之以利，都無法撼動她的決心。放下電話後，她只跟阿嬤輕描淡寫：「爸拔媽麻要晚點才來接我，我還是回家睡覺。」阿嬤也無可奈何。

幸而公司的問題終於解決。爸拔打電話來說快來了，姑姑幫忙穿衣穿襪，阿嬤幫忙收拾細軟（背包、玩具）。在門口穿鞋時，阿嬤蹲下身子幫忙。阿嬤輕聲跟她說：「有關於留在阿嬤家裡睡覺的問題，我們已經討論了很多次了。阿嬤尊重妳的決定，從今以後，阿嬤不再勸妳，阿嬤期待有一天妳會主動提出來說要留下來，阿嬤會高興得跳起來。這證明妳已經長大，知道爸拔媽麻的辛勞，還有阿公阿嬤愛妳，捨不得妳太晚睡覺的用心……妳覺得會有那樣的一天嗎？」

海蒂穿好了鞋，抬起臉靜靜地聽。阿嬤不知道三歲七個月的孩子聽得懂這番話嗎？只見海蒂的眼眶泛紅，主動抱了阿嬤一下，並親了蹲著的阿嬤的臉頰，然後轉身進電梯。

雖然什麼話都沒說，阿嬤卻怎麼感覺她似乎說了千言萬語。

合縱連橫的人際

1Y11M 握手言和

因為晚餐沒好好吃，過了吃飯時間，開始喊餓，爸拔拒絕提供食物，海蒂只是彎身將臉趴在沙發上沉默表達抗議；將近睡覺時分，要求吃阿嬤潤喉的八仙果，同樣被姑姑拒絕，她也只訕訕然複述：「太晚了，不能吃，肚子會痛痛。」然後走開，真是個講理的孩子。

除了講理，她也開始學會合縱連橫的人際策略。因為發脾氣，被阿嬤指責後，故意親近阿公或姑姑。昨日，阿公回台中，小姑姑休假在家，她一整天不跟阿嬤親近，卻故意當著阿嬤的面頻頻親姑姑的臉，想引發阿嬤的嫉妒。

出門時，不讓阿嬤幫忙穿鞋，指名要姑姑。阿嬤說：「既然這樣不喜歡阿嬤，那麼阿嬤就不跟妳們出去了。」她愣了一下，小姑姑解圍：「讓阿嬤跟吧！」她老氣橫秋說：「好吧！……阿嬤一起。」一路上，可能覺得事態有些嚴重，還刻意親熱地要求握著阿嬤的手。

2Y2M 海蒂的祖父母節宣言

國訂祖父母節，旨在讓祖父母好好享受含飴弄孫之樂。阿嬤鼓勵兩位辛苦的爸媽放下孩子，相偕出去約會，培養一下浪漫，讓祖父母服務一下。

爸拔媽麻回來後，海蒂為了莫名的原因生氣，媽媽糾正她，她不服氣，說：「我不要媽麻了。」然後，想拉攏爸拔；爸拔不吃這套，她轉而哭著說：「我要阿嬤！」阿嬤狠心說：「哭是沒用的！我們要講理，不講理的小孩，阿嬤也不要。」爸拔說：「妳去旁邊冷靜一下，想一想，不哭了再過來說話。」

海蒂負氣地跑到落地窗前，往外望了一會兒，忽然唱起歌來：「……為國去打仗，當兵笑哈哈！」然後，忽然轉身邊走邊握拳高歌：「只要我長大！只要我長大！」四個大人瞬間爆笑開來，海蒂的爸拔說：「這是怎樣？長大就可以為所欲為了嗎？」

2Y7M 跟阿嬤來這套！

海蒂午間回來，難得姑姑在家陪玩。正玩得開心，爸媽可能體貼阿公感冒，盡速趕回接人。海蒂要求留下，沒能如願，只好快快然穿鞋出門。跟阿嬤道別時，彆扭地讓阿嬤親了右臉後，說：「妳不行再親我的左臉了。」阿嬤問：「為什麼？」海蒂扭頭作勢出去，沒回答。

阿嬤看她不開心，只好抱起她說：「那阿嬤抱妳下樓去搭車。」海蒂回嗔作喜問：「阿嬤要跟我一起回家嗎？」阿嬤說：「不行咧！阿嬤還有功課要做，只抱妳到車上。」她一路悶不吭聲。

下樓後，阿嬤將她放進爸拔的車裡，她爬上安全椅時，阿嬤說：「下次再來吧！」她忽然轉頭朝阿嬤說：「我喜歡去婆婆家，不喜歡來阿嬤家。」阿嬤反應錯愕，但行走江湖久矣，自然不會上當，跟阿嬤來這套！哼，想鬥智？

「喜歡去婆婆家真是太好了！那樣，阿嬤阿公就輕鬆多了，以後就去婆婆家吧。」這下子，輪到海蒂愣住了。她的反應也很快，立刻改口：「我要來阿嬤家啦！」大人不記小人過，阿嬤也捨不得讓小孫女傷心，立刻趨前跟海蒂說：「阿嬤跟妳開玩笑的啦，阿嬤才捨不得海蒂。下次想來就來，阿嬤知道妳捨不得走。」

車子駛離，阿嬤想：「這麼小！就會耍這種伎倆！阿嬤以後得步步為營，免得落入她的圈套。」

2Y7M 道歉王

肚子餓了，海蒂討餅乾吃，沒有禮貌地拿著一片裝的餅乾朝阿嬤說：「我要吃餅乾。」小姑姑糾正她：「妳若要請阿嬤幫忙，是不是該說『請阿嬤幫我打開餅乾好嗎？』」她不肯，僵持著，小姑姑恫嚇她：「既然這樣不禮貌，那就別吃吧。」把餅乾取過去。

海蒂癟嘴要哭，剛好電話來了。聽到媽媽的聲音，一發不可收拾地避重就輕哭著告狀：「有人搶我的餅乾，不讓我吃餅乾。」「是誰搶妳餅乾？」「姑姑。」她語焉不詳，聲音全讓哭聲掩蓋住。

弄清楚原委，媽媽主持公道，「妳要跟阿嬤道歉，請她幫妳打開，要有禮貌。」電話掛斷，阿嬤問要不要有禮貌說「請」？她拉不下臉，杵立著；阿嬤不為難她，換個問法：「妳要不要請阿嬤幫妳打開餅乾？」她才說「要」。

姑姑生氣不理她，一會兒，她假裝不知情，靠過去，探頭問正在打電腦的姑姑：「姑姑妳在做什麼？」姑姑橫她一眼，沒說話。海蒂說：「姑姑不要生氣。」阿嬤說：「姑姑當然生氣了，妳要跟她道歉，不然她都不跟妳說話了。」海蒂可能覺得茲事體大，故意擠過身子嗲聲嗲氣說：「姑姑對不起！」

這種道歉的戲碼屢屢發生，一反昔日的絕不道歉，所以，目前海蒂在吾家新得一綽號：「道歉王」。

2Y7M 撿到便宜

海蒂午後回來，阿嬤熱誠接待，煮牛肉麵請她吃。她堅持自己餵，拿著叉子認真吃。阿嬤一旁坐看，忍不住親了一下她的手。海蒂竟然生氣地拂袖，說：「妳不可以親我的手！」

阿嬤問：「那媽媽可以親妳的手嗎？」「可以。」「爸拔可以親妳的手嗎？」「可以。」一旁的小姑姑也問：「姑姑可以親妳的手嗎？」「可以。」

阿嬤受到重大的打擊，負氣地跟海蒂說：「阿嬤幫妳做這麼多的事，妳卻不肯讓阿嬤親一下手，既然這樣，阿嬤只好去做功課了。」阿嬤走了，去書房的電腦上打字。過不到五分鐘，海蒂出現在阿嬤身邊，跟阿嬤說：「妳不行親我的手，但是，妳可以親我的臉。」阿嬤得到額外的優厚待遇，欣喜若狂。

後來聽小姑姑說，海蒂看到阿嬤走了，有點心慌。小姑姑問她：「妳不讓阿嬤親妳的手，那妳可以讓阿嬤親哪裡？」海蒂想了會兒回說：「阿嬤可以親我的臉。」然後，接著說：「阿嬤很傷心，那我現在就去跟阿嬤說可以親我的臉吧！」於是，阿嬤意外得到一親芳「頰」的機會，誰稀罕只親手喲！

2Y8M 兩人終於言歸於好

頗有心機的海蒂，佯稱要跟阿嬤一起睡覺，賺取阿嬤說書給她聽的機會。但她聽完兩本書後，並沒有遵守約定乖乖跟阿嬤一起睡覺，卻對阿嬤說：「我要去找媽媽一起睡。」阿嬤很失落，但也就認「陪」了事。今午，她母親仍吃著午餐，海蒂起得早，說要阿嬤陪她去睡午覺，仍然要先看兩本書。

阿嬤不肯上當，怕她又黃牛。海蒂跟阿嬤蓋印章打勾勾，說：「好寶寶，說到做到。」沒料到，她又故技重施，聽完故事又耍賴，要去樓下找媽媽。阿嬤真的生氣了，說：「如果這次妳又不守信用，阿嬤不但以後不陪妳看書，也不跟妳玩，更不想跟妳說話。」但她還是走了。

阿嬤騎虎難下，從那之後，真的不跟她說話。她也倔強，試探著跟阿嬤說話，沒得到善意回應後，也識相地不來找了。阿嬤跟孫女鬥法，阿公跟阿嬤說：「妳這當阿嬤的怎麼還跟孫子一般見識。」阿嬤說：「我現在若跟她說話，將來她還在意『承諾』二字嗎？」海蒂的爸拔說：「阿嬤這樣做是對的。」

今晚闔家出門時，阿嬤聽到海蒂的爸拔跟海蒂道德勸說，海蒂拉不下臉，沒馬上行動。直到回到家時，才來跟阿嬤道歉，說：「阿嬤對不起。」並承諾下次不會騙人，兩人終於言歸於好。

2Y11M 好拗的脾氣

小孫女回來，一屋子像颱風掃過。

兩妹先後罹患感冒，症狀都是嘔吐。海蒂前日和阿公阿嬤在東區餐廳一起吃飯時便懨懨然，不說話、不吃東西，狀況慘烈。昨日輪到諾諾，聽說昨晚嘔吐了兩回，今日來時卻依然生機勃發，笑容可掬，只是胃口差，午後睡了長長一覺，醒來又是好「妹」一條，顯見妹妹較為身強體壯，姊姊分明是愛鬧彆扭的黛玉。

說海蒂是愛耍性子的林黛玉不是亂栽贓。她不肯跟妹妹分享，今日妹妹想加入姊姊和阿嬤的遊戲，她死命阻攔，氣得關上房門不讓妹妹進玩具間。阿嬤說：「諾諾也是阿嬤的心肝寶貝，阿嬤捨不得讓她在門外哭，就讓諾諾進來吧。」

海蒂堅持不肯，阿嬤迫於無奈，說：「諾諾願意跟妳分享，妳小器不肯跟她分享，阿嬤不能偏心，只好跟諾諾玩。妳想跟她一起玩時，再來找我們吧。」她倔強不屈服，回說：「我找姑姑去。」姑姑在她房裡上班工作，無法跟她玩太久，她悻悻然出到客廳來。幸好妹妹倦了，睡了，阿嬤跟她兩人同時找了台階下，歡歡喜喜一起玩。

阿嬤時而到書房電腦上看臉書，海蒂一會兒跑來警告阿嬤：「不要一直做電腦阿嬤。」阿嬤看她可愛，索吻，海蒂死命不肯。阿嬤說：「我們不是說好了，不親手只親臉。」海蒂頗有主見回：「現在不行。」

一會兒，進來問：「阿嬤！我要彩色筆，請拿給我。」阿嬤負氣說：「沒有。」海蒂指著桌上的彩色筆，阿嬤說：「是有筆，但筆是我的，我不給妳，妳不是不讓我親妳，我也不給妳筆。」她頭也不回，走了。

又過一會兒，又來要紙，阿嬤還是一樣拒絕，她同樣頭也不回，走了。

阿嬤故意拿紅外線筆在客廳一邊唱歌，一邊隨著歌聲讓紅外線筆的紅點在牆上跳舞。海蒂很欣羨，又拉不下臉求和，故意問：「那是什麼？」阿嬤說：「不讓我親臉的人，我才不告訴她。」她走到阿嬤面前，抬起頭，露出下巴說：「妳不可以親我的臉，但是可以親我的下巴。」好倔強的小孩加上好無聊的阿嬤！一對老小又握手言和。

2Y11M 阿嬤總是鬥不過孫女

不知是否年深月久記不得了，阿嬤老覺得爸拔跟姑姑小時候可能調皮搗蛋，但非常溫暖親切；所以對海蒂的情緒陰晴，有時不免感到有些不安。

她心思細膩，多愁善感，不容易和人親近，常常翻臉不認人，即使對自己的親人也是一樣。阿嬤注意到一天之中，她倒有半天左右處於生氣狀態；她的父親及小姑姑小時候幾乎不怎麼生氣的，不管對誰都笑咪咪的。

昨晚，一回到阿公阿嬤家，阿嬤歡喜地迎上前去，接過笑容滿面的諾諾，遞交給阿公；接著，轉過身摸一下海蒂的臉，她立刻不高興地撇過臉去，說：「妳不要摸我。」然後，虎著一張臉走到旁邊。

阿嬤也氣了！不理她。後來，她一不小心走過阿嬤的面前，阿嬤也警告她：「妳不要阿嬤摸妳，阿嬤也不想讓妳摸，請妳不要摸到我。」她愣了一下，繞了一圈，到沙發的另一頭，問阿嬤：「那我可以坐到這一邊嗎？」阿嬤說：「可以，但請不要靠近我。」

阿嬤取過原先為她準備的立體貼紙，大聲叫諾諾說：「諾諾過來！阿嬤給妳這張可愛的貼紙，裡頭有各種可愛的動物哦！」諾諾背對著阿嬤正抓著書架上的書翻閱，沒理阿嬤。

海蒂說：「是貼紙嗎？諾諾不會玩啦！」阿嬤回說：「不會玩沒關係，阿嬤會教她，學一下就會了。」「那給她一種動物就好了。」她羨慕地建議。「沒關係，就全部給她好了，她可以慢慢玩。……諾諾過來吧，算妳賺到了，阿嬤本來是要送一半給姊姊的，姊姊不喜歡阿嬤摸她，阿嬤沒辦法交給她，就乾脆都給妳囉。」阿嬤說得情詞懇切，諾諾卻置若罔聞，依然沒有回頭。

「諾諾不要貼紙啦，阿嬤。」海蒂忘形地貼身過來，阿嬤故意往另一邊靠了靠，海蒂露出一臉的羨慕卻又矜持地不跟阿嬤索取。阿嬤看她可憐，也不忍心了，問她：「阿嬤很愛妳，妳知道嗎？」「嗯！」她低下頭說。「妳告訴阿嬤，為什麼阿嬤摸妳時妳要生氣！」

以前阿嬤也問過她相同的問題，她都沒回答，這次她倒清晰地說了：「巧虎說，不能隨便給人家摸。」阿嬤覺得她很有心機，看似言之成理，其實是強詞奪理。因為她開心的時候，不只是摸臉，就算是親她，也是可以的，只是有時會指定部位，或臉頰、或小手、或額頭，不能逾矩。何況，只要跟阿嬤睡覺，她都得緊挨著阿嬤的身體才睡去，所以，阿嬤私心以為她臭臉其實跟身體碰觸關係小，跟爭寵關係大。

但是，阿嬤還是開始跟她雄辯巧虎說的「人家」不是指阿嬤，不給阿嬤碰一下臉或肩膀就算了，還擺出生氣的臉，就是存心讓阿嬤傷心。阿嬤也是有自尊的，才不會對生氣的臉示弱。海蒂一邊做出懺悔的表情，一邊看緊了阿嬤手上的貼紙。

海蒂一家人回去後，阿公在小姑姑的筆記型電腦蓋上，發現一整排歪歪斜斜的動物貼紙，問：「怎麼貼了那麼多貼紙，是諾諾貼的嗎？」阿嬤很羞愧地承認：「還不是那位愛生氣的孫女！阿嬤總是鬥不過她。」

威權解體，阿嬤爭取的只是跟孫女站在同一個高度上，這樣是不是可以稱之為「真平等」？其實，阿嬤只怕她喜怒無常，將來在外頭很難跟別人相處。碰觸只是舉例，她能碰人家，人家不能碰她，唯我獨尊，規則全由她自己一人訂下；而所謂的規則又隨興之所至改變，這樣的人際互動真讓阿嬤憂心。

3Y1M 嬤孫兩人默契十足

兩位小孫女跟阿公阿嬤共居的日子，既慌亂又甜蜜。感覺繼續下去，阿公阿嬤體能都會大增，必要時會被訓練成大力士。

一早，阿公帶著海蒂去上學；傍晚，阿公跟阿嬤推著諾諾去接姊姊下課。然後，牽著海蒂、推著諾諾，邊走邊看，邊看邊聊，或者找家麥當勞坐坐吃吃，運動量超標，阿嬤一生從沒這麼認真走動過。

諾諾笑臉盈盈，跟姊姊多愁善感大不相同；她擅長撒嬌，樂於跟人互動；姊姊怕生，常常翻臉不認人，兩人很不一樣。姊姊重然諾，一次，阿公送她上學，交代：「傍晚，阿公會來接妳。」傍晚，阿公有事，由阿嬤去接，她露出一臉狐疑，遲遲不願意接近阿嬤。老師問她怎啦？她問阿嬤：「阿公去哪裡了？」對阿公的失約，非常介意。

她覺得自己什麼都會，甚至會幫妹妹包尿布。妹妹洗完澡，光溜溜的，她身先士卒：「我來，我來。」阿公不讓她嘗試，她便嚎啕大哭，不肯接著讓阿嬤幫她洗澡。阿嬤生氣處罰她站壁角，訓斥她：「妳想自己扣釦子、穿衣服、穿鞋子、吃飯、刷牙，甚至幫阿嬤檢查牙齒有沒刷乾淨，替阿嬤刷背，阿嬤都由著妳來。但諾諾不是玩具，阿嬤阿公幫她包尿布都費盡力氣，妳的力氣不夠，沒辦法制伏她，等妳的力氣大一些，阿嬤才會讓妳試試。有些事，不是妳說了算。」她抽抽噎噎，顯得很不服氣。

但兩人的生活常規倒是建立起來，晚上十點鐘左右上床，海蒂跟阿公睡，不再哭著找媽媽；八點起床、吃早餐，上學去，阿公按部就班，從未讓她遲到。諾諾跟阿嬤睡，早上起床看阿嬤還閉著眼，自顧自安靜地先玩一會兒，看阿嬤還不起來，會過來環抱阿嬤或坐起來拍打阿嬤的背部，說：「嗨！」然後，笑咪咪地對著阿嬤傻笑，非常可愛。醒著的諾諾，跟阿公最親，不時找阿公，跟阿公玩遊戲，格格地笑。

有了孫女一起睡，阿嬤的生活起居變得比較正常，雖然體力耗費，但身體機能好像改善了些，身手變得更靈活，起始的腰痠背痛，逐漸變成俐落抱兩個小孫女的動力，睡眠狀況也明顯改善，但兩個小朋友鬧起來時也頗感吃不消。

海蒂的表達能力越發清晰。一天，阿公跟阿嬤說，他打算多拿些新書講給海蒂聽，不要讓她老看些已經耳熟能詳的。話鋒一轉，接著說：「但昨晚睡前講故事給海蒂聽，海蒂等不及故事講完就睡著了。」阿嬤說：「講故事不必一定得在睡前，白天也是可以的。」

次日，阿公不曉得接續什麼話題跟海蒂說：「我打算今天晚上給妳看一本《奶奶的記憶森林》（親子天下）新書。」阿嬤看到正坐在沙發上吃餅乾的海蒂，即刻一躍而下，到書架上拿了一本書，跟阿公說：「故事不一定在睡前講，現在也是可以的。」阿嬤嚇了一大跳！阿嬤昨日說這話時，海蒂正在托兒所裡，難不成她有順風耳聽到了？嬤孫兩人真是默契十足。

—輯二—

用童言寫詩——表達的學習與精進

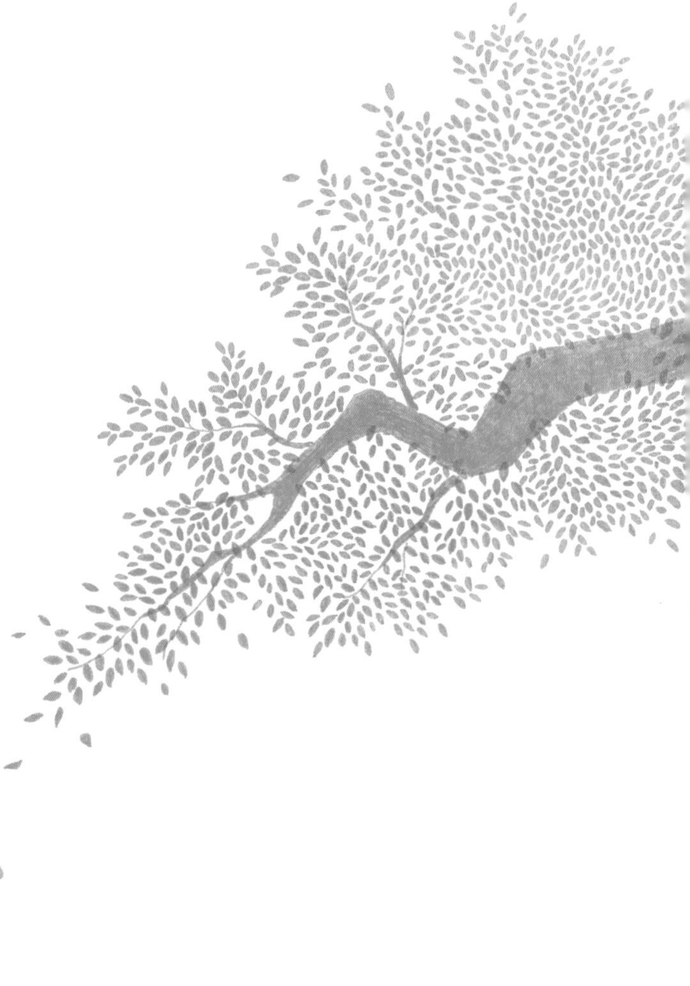

3Y2M 海蒂的小時候

小姑姑跟海蒂聊天：「今天姑姑的朋友來，姑姑帶她去動物園玩。……妳喜歡動物園嗎？」海蒂認真地回說：「喜歡，那是我小時候去的。」海蒂的「小時候」？雖然才接近三歲三個月，她原來也有許多屬於她小時候的記憶。

扮家家酒時，海蒂煮了好多菜，圍著茄子、玉米、香腸……，一瓢一瓢、一樣一樣地吃，海蒂告誡姑姑：「每樣東西都要吃，不要挑食。」

海蒂真有禮貌！玩遊戲時，忽然紅了臉，跟阿嬤說：「不好意思！我放屁了。」不小心撞到阿嬤，立刻說：「對不起！我不小心撞到妳了！」阿嬤督責她，每回要換一種新遊戲前，得將先前玩的舊玩具收拾乾淨。海蒂說：「阿嬤一起收。」阿嬤說：「自己的玩具自己收。」海蒂據理力爭：「阿嬤也有玩。」

阿嬤只是陪玩，居然也得跟著收！這太不公平了。

2Y3M「我」是誰啊？

海蒂和阿公躺在沙發上玩捉迷藏，兩人各自用手撐著毛巾被的一角，將身體藏在裡頭。

阿公笑問：「這位小朋友是誰啊？」海蒂格格笑著說：「是我呀！」

阿公追問：「『我』是誰啊？」海蒂回說：「是阿公啊。」阿公：……？？？（抓頭）

2Y4M 樹葉因海蒂，笑了！

睡得飽飽起床的海蒂，自行起身溜下床，跑到廚房的餐桌前坐著，看著阿公在園子裡撿拾落葉；透過窗櫺，遙望在客廳裡校稿的阿嬤。等阿嬤發現時，她神清氣爽地朝阿嬤靜靜地笑了。

早餐吃乾麵配優酪乳。她雙手舉起裝優酪乳的杯子一邊仰頭喝，一邊跟阿公阿嬤說：「我的臉都不見了。」果然，她整張臉都被杯子給遮住了。

下了餐桌，她走到落地窗前，看到外頭的樹葉微微晃動著，驚訝地說：「樹葉在動欸！」阿嬤說：「因為被風吹了，所以樹葉晃來晃去。」海蒂回頭天真地更正：「不是啦，樹葉因為看到海蒂，笑了。」

2Y4M 語言機鋒

晨起，海蒂看到小茶几上殘留的一罐魚食，明知故問地說：「阿嬤！這裡可以餵魚嗎？」「不行啊？」「為什麼不行？」「因為魚兒已經搬家啦！」「什麼是搬家？」「搬家就是不住在原來的地方，住到別的地方去了。」

「那魚兒為什麼要搬家？」「魚兒搬到潭子老家的花園裡去，牠喜歡一抬頭就可以看到藍藍的天空，感覺很開心。」「哦！我知道了。」知道了？阿嬤考她：「妳知道什麼啦？」海蒂愣了一下，老氣橫秋學習阿公說話：「妳說咧？」

戰國時，莊周、惠施有「濠梁之辯」，兩人旗鼓相當；現在則有海蒂與阿嬤的「搬家」之辯，阿嬤明顯落居下風！

2Y4M 問阿嬤開心嗎？

阿嬤每晚在大木桶內泡熱水澡，海蒂堅持一旁陪著。阿嬤拿條毛巾摀住雙眼熱敷，時而取下、時而摀上，海蒂誤以為阿嬤跟她玩躲貓貓，在桶外將小水瓢在水面上推前飄送給摀眼的阿嬤，笑得好開心。

阿嬤取下毛巾，故意用小小的聲音跟水瓢說：「你過去問海蒂今天開心嗎？」然後，將水瓢推向海蒂，海蒂收回水瓢，也圈住水瓢低聲朝它說：「去問阿嬤開心嗎？」嬤孫兩人就在蒸騰熱氣中玩著「開心嗎？」的遊戲，兩人都感覺好開心。

2Y4M 傻瓜鞋與黑鞋

阿公阿嬤要帶海蒂出門去逛逛，海蒂大喜，推開紗門衝出去，先不穿自己的鞋子，忙著把阿嬤的鞋子取出在門前擺整齊伺候，說：「阿嬤請穿傻瓜鞋！」

阿嬤大為驚奇，那雙鞋的長相是有些傻頭傻腦的，或許阿嬤在什麼時候曾抱怨過，沒料到她居然記下了，給它命名。阿嬤也取過她的黑膠鞋，說：「海蒂也請穿上妳的傻瓜鞋！」她不服！反駁：「海蒂的鞋子是黑鞋，不是傻瓜鞋。」

阿嬤說阿嬤的鞋子跟海蒂的鞋子都是黑色的，都是傻傻的傻瓜鞋。她也耐下性子跟阿嬤解釋：「海蒂的鞋子是爸拔買的黑鞋，阿嬤的才是傻瓜鞋啦。」雖然同是黑色的，一雙叫「黑鞋」，一雙叫「傻瓜鞋」，這是稚齡孩童天真的分類，等閒不得相混，阿嬤逐漸認識了童真世界。

2Y5M 踩著阿公的影子回家

用餐完畢，蒙媳婦之邀前去探望孫女。

據說海蒂今日幾次跟媽麻說：「我好想阿嬤！」聽得阿嬤龍心大悅。要離開時，和姑姑玩得開心的海蒂決心跟著回阿公阿嬤家，挽著她的寶貝新包包，穿上鞋子等在門口催促姑姑快走。

四人頂著一輪明月，走在幽暗的杭州南路人行道上，偶有對街街燈照映，路上出現晃動的人影。「阿嬤！妳看，阿公的影子。」海蒂機靈地跑向前去，邊說邊踩著阿公的影子。踩著阿公的雙腳、雙手，甚至手上提著的盒裝豆漿。

「豆漿被踩破了！」海蒂笑著大叫，彷彿把整座即將沉睡的城市都喚醒了。

就這樣，嬤孫和姑姑三人爭相踩著阿公的影子回家。

2Y5M 讓海蒂幫阿嬤洗臉吧！

幾個月前，阿嬤在東區逛街時，跟攤販買了上了發條就會奮力在水中游泳的米老鼠和唐老鴨各一隻。當時，海蒂一看到在水裡游動的玩偶嚇得魂飛魄散，從浴缸內逃出。上星期回來洗澡時，阿嬤再度取出，她非但已不再害怕，且開心大笑。

今晚如法炮製，求知慾強的她一直要求自己上發條，幾次失敗後，求阿嬤：「阿嬤教我怎麼弄。」後來，實在學不會，才怏怏然投降說：「我的力氣不夠，長大了就會了。」當鴨子和米老鼠游累了，浮在她身邊望著她，她還害羞地拿毛巾遮住下身，說：「牠們看到我的屁股了！真糟糕。」

阿嬤忙著幫她不停地上發條，跟她玩得不亦樂乎。當海蒂幫鴨子和米老鼠洗過臉後，輪到阿嬤幫她洗臉。阿嬤百感交集，忍不住跟她說：「海蒂真的好幸福！有阿嬤幫妳洗臉、跟妳玩；阿嬤小時候都沒有阿嬤的阿嬤幫我洗臉。」講完，自己也覺得無聊；誰知海蒂竟然安靜了一會兒，然後擰乾水裡的一條小毛巾，伸到阿嬤的臉上，深情地說：「讓海蒂幫阿嬤洗臉吧！」害阿嬤差點兒流了一缸子的淚。

2Y6M 橘子的祕密

海蒂吃完橘子，悄聲說：「我想跟妳們說說橘子的祕密。」小姑姑跟阿嬤露出好奇的表情：「祕密！我們最喜歡聽祕密了，趕快告訴我們。」

海蒂把剝下來的大橘子皮摺疊，中間夾一層小橘子皮，然後，像變魔術一樣地展示說：「橘子的祕密就是——它變成了漢堡！」還真像漢堡哪！橘子的祕密真厲害。

2Y7M 包尿布的水溝

帶海蒂去道路盡頭的大塊菜圃散步，地主將一隴一隴的田地分租給人種菜。菜農們看到小丫頭可愛，紛紛笑盈盈跟她打招呼，並摘了幾顆黃橙橙的番茄和紅色的草莓送她，還熱心為她上了一堂好棒的自然課。

海蒂心不在焉，她的注意力全集中在田畝旁的一條供給灌溉的水溝。有灌溉需求的農人，會拿一個木板將水流堵住，讓水勢升高，以便引入田裡。海蒂看到堵住水流的木板，忽然心血來潮，跟大家說：「這跟海蒂包尿布一樣！」大夥兒見狀都不禁哈哈大笑。

小朋友想像力的豐沛真讓人嘆為觀止。今天，大家邂逅了一條包尿布的水溝。

2Y9M 阿嬤，妳辛苦了

夜深後，海蒂由爸爸領著離開阿嬤家時，在電梯內，爸爸提醒諾諾跟阿嬤擺手，諾諾邊擺手邊可愛地笑；爸爸說：「海蒂也跟阿嬤說再見吧。」

穿好鞋、走進到電梯去的海蒂沒照她爹的提醒，轉過身來很誠懇地跟阿嬤鞠躬行禮說：「阿嬤！今天讓妳辛苦了。」阿嬤南北奔波的疲勞，瞬間都飛上天去。

2Y9M 鯨魚跟螃蟹就都沒有海了

海蒂主動要求說故事給大家聽。

「我先說一個狐狸的故事。狐狸本來要吃小朋友，後來就被野狼吃掉了，就沒有狐狸了。」

「哦？接著呢？」「就沒有狐狸了呀！」

她可能覺得阿嬤有些傻，決定另外說一個故事。「妳要聽螃蟹的故事？還是鯨魚的故事？」她老里老氣問阿嬤。「那……那來個螃蟹的故事吧！我以前沒聽過。」阿嬤說。「妳確定要聽螃蟹的故事？」她忽然像大人一樣問。「有什麼問題嗎？螃蟹出了什麼事嗎？」阿嬤又問。

「好！我說螃蟹的故事給你們聽。螃蟹亂走亂走，就迷路了，跑到海裡被鯨魚吃了。」蝦密！這樣快就掛了？那這是屬於螃蟹還是鯨魚的故事？阿嬤的問題還沒提出，原來還有後續：「鯨魚游來游去，不小心就被大鯊魚吃進肚子裡，然後鯨魚跟螃蟹就都沒有海了！」鯨魚跟螃蟹就都沒有海了！這真是驚人的發展啊！

3Y1M 相親相愛的車子

阿公帶海蒂去上學，等公車時，看到兩輛公車並排在馬路上，海蒂問車子為什麼停在路中央？阿公說：「因為紅燈亮了，它們停在那裡等綠燈。」海蒂問：「它們為什麼要靠在一起呢？」阿公還來不及回答，她自顧自回答：「我知道了，因為它們相親相愛。」

3Y5M 這世界真美麗！

阿嬤牽著兩個小孫女在被夷為平地的華光社區原址上散步。沒了房子的華光社區，被水泥封出一塊一塊的草地，綠油油的，大樹分散各處，白雲悠悠，陽光柔和，一如小孫女沿路所唱。

海蒂忽然停了唱歌，直視遠方，跟阿嬤說：「這世界真美麗！」正好小姑姑來了，問：「這世界為什麼美麗？」海蒂仰頭天真地說：「因為有姑姑阿嬤諾諾阿公，還有爸拔媽麻婆婆舅舅……。」

童言稚語竟將天機一語道盡，阿嬤一時目瞪口呆，不知如何以對。

3Y5M 我是爸拔國的人

姑姑跟海蒂說台語，海蒂一頭霧水，問姑姑：「妳說什麼？」姑姑說：「我講的是台灣話。」

海蒂說：「妳為什麼要講台灣話？」姑姑說：「因為我是台灣人，所以說台灣話。」

海蒂續問：「為什麼台灣人要說台灣話？」姑姑耐心地回答：「因為我的阿公阿嬤不習慣

聽國語，他們講台灣話，我就跟他們說台灣話。」姑姑說完，又忍不住多說了一句：「台灣人當然說台灣話，不然咧？妳難道是美國人想講美國話？」

海蒂申辯：「我不是美國人，我是爸拔國的人。」

語言的學習

2Y1M 海蒂的母語學習

臉書上有人傳私訊來糾正阿嬤的閩南語，說舅婆稱作「妗婆」會顯得較典雅；另有一臉友在留言版上問海蒂會不會說閩南話，這倒勾起阿嬤教海蒂說母語的念頭。

話說海蒂的姑姑上小學時，一日，由阿嬤的娘——也是海蒂的阿太帶去看醫生。阿太跟醫生用閩南語交談，所以，醫生就用閩南語問診。小姑姑茫然不解，醫生義正詞嚴教訓她：「台灣人哪袂曉講台灣話，要學啦。」

阿太回來後轉述，倒提醒了阿公阿嬤，不該偏廢了母語，何況，多學一種語言，對孩子而言也有諸多好處，所以，海蒂的爸拔姑姑，後來都能說流利的母語，對他們其後的職涯多了許多助益。

一般家庭，父母都忙，能用最省心的方法過活，絕不節外生枝、自找麻煩。特意教孩子講閩南話無異於自找麻煩。但是，對原本就說著閩南語的阿公阿嬤而言，應該駕輕就熟，所以，小孫女在家裡跟著阿公阿嬤學母語也是天經地義。

於是，上回海蒂回來，阿嬤就開始展開母語教學。海蒂爬上書房椅子上，發號施令：「我要畫圖。」阿嬤用閩南語反問：「妳要繪圖是嘿？」海蒂一臉困惑。阿嬤又問一次，海蒂說：「我聽不懂。」阿嬤於是開始解說：「我們從現在開始要學習台語，以後每次回阿嬤家都學幾句台語好嗎？」海蒂不置可否，阿嬤當她同意了。

「『妳要繪圖是嘿』就是『妳要畫圖嗎』的台語。」海蒂用著怪腔怪調重複：「台語」兩字，阿嬤跟姑姑都給她拍手。「繪圖！繪圖！」她很熱切地又追加了一句。阿嬤為了獎賞她，取出阿公猶殘留顏料的調色盤，且很快幫她在有分格的儲水盤裡倒了水。然後用台語說：「家己提『筆』！」海蒂聰明，循著阿嬤的眼光看到水彩筆，也學著說台語的「筆」，雖然和國語發聲大同但還是有小異，阿嬤稍加更正，海蒂覺得有趣，一連說了幾次；然後阿嬤指著盤裡教「水」，海蒂很快學會了。

「台語」、「繪圖」、「筆」、「水」，一天學四個字詞可以了。下回，海蒂回來勢必會忘記今天學的，阿嬤會提醒她，然後再往前學四個，如此溫故知新，說不定一些時日下來，阿嬤就能跟她全程用母語交談了。

阿公從裡屋出來時，邊走邊問：「妳跟阿嬤在做什麼呀？」海蒂抬起頭天真地用閩南語回答：「台語。」

2Y6M 不小心被送了禮物

海蒂、小姑姑和阿嬤從菜市場買菜回來，看見加拿大姑姑和姨婆來了，並等在門口迎接。海蒂看到加拿大姑姑，載欣載奔過去，劈頭就問：「妳有帶禮物來嗎？」

阿嬤大吃一驚問：「昨天晚上我們是怎麼打勾勾的？」海蒂低下頭，不好意思地更正：「妳上次已經送過貼紙的禮物了，以後不用再送禮物給我。」加拿大姑姑笑翻了，說：「可是，這次姑姑一不小心又買了禮物哪！」海蒂這回又得到一個好棒的彩色魔術畫板。

事實上，前一晚海蒂聽說加拿大姑姑又回來了，立刻眼睛發亮，興奮地頭偏過來、偏過去地說：「這次她會送我什麼禮物？」阿嬤愣了一下，問她：「上回加拿大姑姑回來時，有送妳禮物嗎？妳記得嗎？」海蒂不假思索回：「有啊！送我有楓葉的衣服跟貼紙。」「她這次還應該要送妳禮物嗎？」海蒂於是主動要求跟阿嬤勾勾手：「勾勾手，蓋印章，好寶寶，說到做到。我要跟姑姑說：『妳已經送過禮物了，以後不用再送我禮物了』。」

沒料到禮物的吸引力如此巨大，睡了一晚就忘了。幸好經過提醒後，很快就想起來。但她後來逢人就說：「加拿大姑姑一不小心就又送我禮物了。」

2Y9M 這首歌好耳熟！

阿嬤抱著諾諾，和海蒂三人圍著電腦一起唱歌。當阿嬤點開CD後，諾諾不安分，在鍵盤上亂按，結果出來的是桌面上的一首〈Lemon tree〉。海蒂聽了前奏，覺得節奏不對，偏著頭說：「這首歌好耳熟！」阿嬤不相信她會說出「耳熟」二字，再問她「這首歌怎麼樣？」她很老氣地回：「這首歌很『耳ㄕㄡˊ』！」還特意把「ㄕㄡˊ」字捲了舌頭。

阿嬤抱著諾諾衝出客廳，阿公姑姑爸爸媽媽都在場，每個人都聽到了，全瞠目結舌。

3Y4M 表達方式

海蒂開始和這個複雜的世界接觸，阿嬤常應她的需求，解說一些需要拐彎才能清楚的親屬關係，譬如：她常看到的姨婆是加拿大姑姑的媽媽，但也是阿嬤的姊姊；爸爸的媽媽是阿嬤，但媽媽的媽媽卻是外婆之類的。

除此之外，阿嬤經常藉一些提問，讓她想想自己的感覺，多了解自己。譬如，阿公端出一盤洗淨且切成星形的楊桃，她先拿了一片，端詳後換了一片較接近中心部位的大片楊桃，阿嬤問她：「妳剛剛是怎樣挑選楊桃的？為什麼要換另外一片？」海蒂想了一下說：「因為那一片有籽，這一片沒有籽。」有點出乎阿嬤的意料，阿嬤以為她的選擇標準是「比較大。」或「比較黃。」

一回，她的髮夾掉到沙發底下，她拿一根竿子，伸進沙發椅下撥了一會兒，說：「太短了，撥不到，請阿嬤幫忙。」阿嬤幫她取出後問她：「是什麼東西太短了？」阿嬤以為她會說竿子，結果是：「我的手太短了。」煞是有趣。的確，換了阿嬤的手，同樣的竿子就可以勾到髮夾。

諾諾最近老學別人說話，阿嬤對著諾諾說：「妳真是個愛學舌的傢伙。」海蒂立刻問「學舌」的意思，阿嬤說：「『學舌』就是學別人說話，說話都要用到舌頭，所以叫『學舌』。」她立刻很驕傲地說：「我不是個學舌的傢伙。」

3Y5M 兩個小孩的表決

午後，為了不虛耗在哄孫女睡覺的惡套裡，小姑姑和阿嬤決定帶小孫女出去耗耗體力，誓言直到她們不支倒地為止。

但諾諾的娃娃車沒送過來，若耗掉的體力不是小朋友的而是大人，那可不上算。小姑姑建議就帶她們去家裡附近轉彎的舊監獄北牆旁的筆直小道去吹泡泡。

兩個大人帶著兩個小朋友就在鮮少有人走動的小路上盡情玩吹泡泡遊戲。電動的泡泡機，一為狗造型，一為魚造型，兩隻動物吐出的泡泡又大又圓又多，簡直把大人跟小朋友都逗瘋了。

午後風好大，泡泡隨著風向轉成各種圖形，大家追著泡泡暈頭轉向，樂得大聲呼喊，「阿嬤」、「姑姑」的呼聲震天。約莫一個鐘頭後，風勢越來越大，溫度略降，阿嬤怕小孫女凍著了，決定鳴鼓收金。

海蒂點頭附和，不料接下來卻說：「好吧！那我們就轉到中正紀念堂去餵魚吧。」諾諾歡喜大呼：「去餵魚！去餵魚！」兩個小孩的表決，敲定了兩個大人的午後命運。

3Y5M 像個森林一樣的中正紀念堂

風勢實在大，不得已還是上樓加了衣服才出門。

諾諾堅持穿昨晚的裙子，那件過大的剪羊毛裝，海蒂欣然附和，於是兩人穿了大幾號的衣服走進中正紀念堂跟魚兒見面。

當初搬家到台北，找到杭州南路的房子，就是相中了中正紀念堂裡的花花草草和寬闊的場域，想把它當女兒的後花園使用。誰知，搬過來後，孩子忙著適應新生活，接著念國中，又昏天暗地地讀書，準備升學考試，除了阿嬤去看戲、聽音樂外，竟鮮少進去運動或休閒。誰料到，兒女們沒享受到的好處，竟然成了小孫女們最享受的地方。海蒂學步、認識蟲魚鳥獸，仰看寬闊藍天，都在此處。

今日一進圍牆內，嬤孫就開始玩「一二三，木頭人」遊戲。諾諾的模仿力超強，一秒內便心領神會；接著是「剪刀石頭布」，兩秒就跟上進度。走著、走著，海蒂仰望高處的樹木，跟阿嬤說：「中正紀念堂就像個森林一樣。」

誰說不是！對孩子來說，森林就是很多樹的所在。何況，她們還在其中看到小松鼠奔來跑去且爬樹；鴿子就在幾步之遙的地方散步覓食；水雞跟魚兒在水中爭食……處處都是驚奇。

餵完魚後，海蒂得寸進尺，問：「肚子餓了，可以去買薯條嗎？」阿嬤體力不支，讓姑姑帶著海蒂去；諾諾說：「還要看魚。」於是兩人留守一池子的魚。買來的魚食沒了，諾諾看到座位旁的石縫間有殘留的魚餌，一粒一粒地撿拾，然後丟入池中，非常自得其樂。她的眼珠子骨碌骨碌轉來轉去，找魚兼看鳥，一點風吹草動也沒放過。四人迎風圍坐吃薯條，享受悠閒的午後時光。

腦袋裡始終有一所學校

2Y9M 大大方方說故事

海蒂進入矛盾期，對可能被送進學校既喜且憂。

一日，跑來喜孜孜地告訴阿嬤：「我要去上學，我已經長大了。」阿嬤雖然給她拍手，卻不免懷疑地問她：「妳確定已經長大了嗎？妳不是還包著尿布？」她顧左右而言他。

過兩日，忽然反悔了，告訴阿嬤：「我吃少少的飯，長得矮矮的，還不能去上學。」這是發生什麼事了？原來跟妹妹爭寵，開始跟大人講天龍國的語言，咿咿啊啊的，學妹妹的幼稚行為。

這幾天來，又改弦易轍。不時提著小包包，潛進另個房間內，邊走邊告訴阿嬤：「我進去做完功課後，再來陪阿嬤玩。」阿嬤得到片刻安寧，真感謝她的腦袋裡始終有一所學校。

近日，父母倆忙，小朋友在阿嬤跟外婆處輪流被托嬰，感覺有點捉襟見肘，看來送去托兒所是勢在必行。阿公阿嬤捨不得她小小年紀，延挨著。

今早，從阿嬤身邊起床，海蒂立刻背上書包，說是要先去做功課。阿嬤問她：「妳真的行嗎？妳知道上學的規矩嗎？」她輕描淡寫：「知道。」於是，阿嬤說：「既然妳知道了，那我們今天就來玩上學的遊戲。」

海蒂可來勁兒了！「妳當小朋友，我當老師。」她開始發派角色。阿嬤說：「不行！妳當小朋友，我要看妳知不知道怎樣當學生。」

於是從進校門開始。「小朋友，妳好可愛，叫什麼名字呢？」「海蒂。」「聲音太小了，要讓所有同學都聽到。」阿嬤說，她稍稍大聲了些。「海蒂幾歲啦？」她伸出還無法成功彎曲兩指的小手，比出三指。「要講話哦！長大了，不能只用比的。」「三歲。」她立刻補充。聲音還是小小的。

「在學校上課，回答問話時要大大方方的。什麼是『大大方方』的妳知道嗎？」她露出茫然的表情。阿嬤「師」興大發，開始講解：「大大方方就是不用怕！聲音大一點，站直一點。」（咦？這就叫大方？）

2Y9M 真希望小孫女殷勤依舊

海蒂今早去托兒所和老師面談。據帶她去的媽媽說：見面時，為展現好風範，她大聲跟所長打招呼：「老師好，我是蔡海蒂，請多多指教。」居然將平日跟家人玩「出場」遊戲的戲碼搬上場。阿嬤問她：「那老師有指教妳什麼嗎？」她惆悵地回答：「沒有欸。」

傍晚，阿嬤跟姑姑帶著她搭乘高鐵回台中。一路上笑談，阿嬤問她：「等會兒看到幾天不見的阿公時，要不要也跟阿公說『請多多指教』？」她嗤之以鼻，訕笑阿嬤沒見識說：「阿公又不是老師。」

她爸拔說，和老師面談過後，發現托兒所裡的教學理念跟他們家裡的教育不謀而合，小海蒂應該很容易適應。阿嬤說：「是什麼理念相合？」爸拔說：「就是讓她自己來，不停地玩。」

這算什麼教育理念！就是家長懶而已嘛！說得那麼好聽！真是。

這位爸拔因為懶，所以凡事差遣小孩，幫這個忙，幫那個忙，從一早醒來煮咖啡開始，拿杯子、取咖啡、拿打火機……他自己就坐著發號施令。以此之故，小孩子什麼事都會做，他負責誇獎，小孩跑得比誰都快。

小小年紀，上街前，自己背上皮包，自己穿長袖毛衣、坐上椅子穿長褲、扣成排難扣的釦子、扭來扭去地將腳扭進鞋內自己穿鞋。還會先推門出去，將大人的鞋子擺成容易穿的方向。

因為辭職在家教養小孩，沒有職業的羈絆，有許多時間跟孩子耗，一點也不著急。讓孩子慢慢自己琢磨，自己挑選衣服穿，自己慢慢扣釦子穿鞋子，以一種慢活的方式過日子，從容得不得了，絕不僭越去幫忙。

住在阿嬤家時，睡前，海蒂會自己去刷牙，有模有樣的，「咿咿啊啊」地，時而咬牙刷前方，時而張口刷後方，刷得周全極了。阿嬤跟她一起刷牙，檢查她有無缺漏；她也一樣要檢查阿嬤的，拿起阿嬤的牙刷，叫阿嬤張開口，她頭偏來偏去，然後說：「妳的牙齒細菌太多了，妳以前都沒仔細刷齁？」接著，非常用心地幫阿嬤補強，那種刷牙的正確方式，阿嬤簡直自嘆不如。

這幾天，阿嬤幫她洗澡完畢，她也要求要幫阿嬤洗澡。基於公平對待的原則，阿嬤只好答應讓她幫忙洗背部。她可仔細了，從沖水、抹肥皂、擦背到沖洗乾淨，一絲不苟。

阿嬤感動極了。真希望阿嬤真的老去後，小孫女殷勤依舊。

3Y6M 像蝴蝶一樣飛出來

因為父母剛剛投入新工作，阿公阿嬤有比較多的機會被賦予接回放學的海蒂的任務。

阿公去了幾次，回來後老抱怨海蒂不合作，明明看到阿公出現，卻只往外瞧了一眼，並無任何配合行動。總要多次催促，才慢條斯理出來穿衣換鞋，真是急煞人也。

海蒂個性孤寒，這老毛病，阿嬤也嘗過幾回，真不是滋味。

上星期，阿嬤御駕親征，她又來這套，阿嬤等得火冒三丈。回程中，跟她溝通：「以前妳爸拔跟妳一樣上幼兒園時，每次阿嬤去接他下課，他總是像蝴蝶一樣飛出來，高興地朝他的媽媽——也就是我，高興地歡呼：『媽媽來接我了！老師再見。』可是，妳卻不一樣，好像不高興看到我們，不但慢吞吞的，還擺出一張臭臉。妳有什麼困難呢？」她回說：「我不知道。」

阿嬤說：「好！以前妳小小的，不知道沒關係；現在妳已經是姊姊了，阿嬤已經跟妳說過了，希望妳能改進。」「怎樣改進？」她問阿嬤。阿嬤說：「改進的方法就是看到來接妳下課的人，不管是誰，都要趕緊出來，如果表情笑笑的當然更好，但不必勉強。」說完，還鄭重警告她：「如果仍舊站在原地不理人，那妳就完蛋了，我們會回頭就走，把妳留給老師，不帶妳回家。」

海蒂聽了，平靜地回阿嬤：「我媽媽不會這樣的。」阿嬤說：「妳媽媽是我的媳婦，她會聽我的話的。」靜默了半晌，她抬起頭說：「那老師怎麼辦？老師應該會帶我回家吧？」阿嬤問：「妳覺得老師會帶妳回哪個家？」「回我們家呀！」她理不直卻氣壯。阿嬤說：「時間到了，老師也要下班去接她家的小朋友，她不會送妳回家的。」阿嬤加碼演出：「下班時間到了，老師看沒有人領妳回家，應該會把妳先放進垃圾桶裡，第二天早上再來回收。」她可能有些擔心，但仍嘴硬，說：「我們老師不會這樣做的，她很愛我的。」阿嬤不敢再窮追猛打，話題就此打住。

從那次後，阿嬤去接了幾次，她都行動迅速地出來，穿衣換鞋，然後牽著阿嬤的手，跟老師說再見，不再板著臉孔。回家後，當著海蒂的面，阿嬤總逢人就說：「姊姊長大了，懂事了。」海蒂總露出矜持的笑容。

昨天傍晚，阿公去接她回來。她一反常態，一進門，就像蝴蝶一樣飛進廚房，歡快地朝正做菜的阿嬤說：「阿嬤！我回來了。」然後撲進阿嬤的大腿間埋著頭，阿嬤蹲下身子，親了她一下，眼淚差點掉下來。

阿嬤再三嘉勉，一遍又一遍地說：「阿嬤今天在外頭跑了三個地方，忙著工作，累死了！姊姊像蝴蝶一樣飛進廚房跟阿嬤打招呼，阿嬤一天的辛勞全忘光光了，姊姊今天真的太棒了。」

藝文新體驗

2Y2M 小海蒂跟著「附庸風雅」

第二度帶著海蒂參與畫展活動。林耀堂伯公在淡水真理大學的教士會館展出版畫。事前，耀堂伯公在臉書私訊裡問：「要帶海蒂一起來嗎？」阿嬤說：「可以嗎？到時候鬧場可慘了！搶當女主角！」耀堂伯公回道：「當天出席的畫中人走出畫框，都是女主角，聚光燈很多。可以幫海蒂再開一盞最亮的。」

於是，今早阿公阿嬤去接了海蒂，海蒂睡眼惺忪赴會，原來懷抱另外的心思。因為，在往淡水的捷運上，阿嬤問她去淡水，開心嗎？她回答：「開心！要去盪鞦韆。」

誰知，耀堂伯公人緣太佳，教士會館擠進了超多的人潮，海蒂眼花撩亂，一度讓大人的熱情招呼嚇壞了，差點哭出來。展場外，是大片的草坪及參天的大樹。阿嬤帶著海蒂擠出人群，推開門的剎那，阿嬤說：「外頭好熱！」海蒂居然嘆了口氣說：「裡面好多人。」到了樹下的海蒂好開心，唱歌又跳舞的，還不時仰頭尋找蝴蝶、小鳥和夏蟬，捨不得進屋裡去。

用過餐後，海蒂小小聲跟阿嬤說：「我們去盪鞦韆吧。」豈知循線前往，卻見附近那所有鞦韆的幼兒園大門深鎖，並不對外開放。只好在附近的池塘旁，看鴿子、噴水池和池內的游魚。鴿子一點不畏人，在人們的腳邊逡巡，嚇得海蒂直撲向阿公。阿公說：「鴿子怕妳，妳不用怕她。」在下山的斜坡路上，她邊走邊自我安慰：「鴿子怕我。」阿嬤注意到她置換了主詞，不再像以前一樣模仿大人說：「鴿子怕妳。」

上了捷運，海蒂只要看見小朋友上車，便不斷跟他們招手，如果不是阿公阿嬤抱得緊，恐怕就會衝過去一起玩。去程，海蒂一路由阿公摟著，看著車外急速掠過的風景歡唱：「火車快飛，火車快飛，越過高山，飛過小溪。不知走了幾百里，快到家裡、快到家裡，爸媽見了真歡喜！」

回程時，經過了幾小時的相處，海蒂已經熟識了劉靜娟姨婆，在捷運上跟姨婆大玩唱歌的遊戲。她輕聲地唱，笑得開心極了，靜娟姨婆不嫌棄，頻頻說：「太可愛了！我今天賺到了！她比阿嬤Po上臉書的照片更漂亮哪！」阿嬤聽得心花怒放，立刻決定要送靜娟姨婆一張好人卡。

海蒂來參觀畫展，只在室內看了幾幅畫，跟耀堂伯公畫的阿嬤的版畫合照了張照片，卻在屋外唱歌、跳舞、看魚、問蝴蝶、聽蟬鳴、躲鴿子、賞游魚，根本像郊遊。這樣是不是叫做「附庸風雅」？

2Y4M 首度接受詩的濡染

應詩人林婉瑜之邀，到座落於安和路的法官朋友張瑜鳳家，參加一場溫馨的新詩集——《那些閃電指向你》（洪範書店）的發表會。

婉瑜還熱情邀約海蒂一起前往，阿嬤徵求海蒂的意見：「我帶妳去跟詩人的小朋友玩好嗎？」海蒂從臉書上看到婉瑜有兩位可愛的小姊姊及一位小弟弟，滿心期待。

前一晚北上時，還在車上問阿公阿嬤：「我們要去蝦仁那裡嗎？」阿公阿嬤丈二金剛摸不著頭腦，她接續補充：「就是那個有小姊姊跟弟弟的蝦仁啊！」還是阿公聰明，一下子就領悟了。阿嬤糾正她：「不是蝦仁是詩人！詩人就是寫詩的人。」海蒂點頭如搗蒜，當場背誦了三首絕句，果然反應靈敏。

新書發表會在寬敞的客廳圍坐圓桌進行，席間還有陳芳明、蔡珠兒、劉梓潔、洪範的葉雲平、張瑜鳳的律師丈夫及詩人的良人江先生。主人張瑜鳳是個典型的文學愛好者，她熱情周到，準備了豐盛的點心，大家不僅得到心靈的撫慰，味蕾也得到充分的滿足。

陽光璀璨卻不逼人，這樣的天氣吟詩、聽詩真是莫大的享受！婉瑜的詩一如其人，婉約如溫潤之玉，透過溫婉且節奏感十足的朗讀，尤其讓人陶醉！席間，婉瑜先簡述詩集的編排由輕鬆而纏綿、而沉鬱；繼而娓娓道出寫作原委，再引述其他前輩作家的讀後評論，海蒂坐在阿公阿嬤身後的沙發，平生第一次聆聽詩人親自朗讀詩作，雖然並不知道自己有多幸運，但詩的啟蒙已然悄悄開始。

在家裡能言善道的海蒂，出門在外變成一枚名符其實的「豎仔」，安靜且充滿危機感；喜歡和姊姊們玩，卻敏感地保持警覺。芳明阿公出現時，她很乖順地叫阿公，讓芳明阿公大喜，但當他湊過去身邊想和她合照時，海蒂竟很不給面子地嚎啕大哭起來，讓芳明阿公很尷尬。

回家後，海蒂很驕傲地跟大家炫耀：「我今天看到蝦仁阿姨跟章魚阿姨（張瑜鳳法官自稱）。」大夥兒都以為阿嬤帶她去吃海鮮。

攝影的嘗試

2Y2M 首次攝影

在和海蒂的每次相處裡，阿嬤總想盡各種辦法幫她安排活動。因為最近獲贈十幾張敷臉面膜，阿嬤和姑姑決定讓她一起參與，讓她幫忙張貼面膜並負責照相存證，可以殺些時間。

才兩歲又不到兩個月的她，居然有模有樣地幫忙，而且自行拿著相機拍下阿嬤和姑姑兩人可笑的敷臉照，張張布局完整，人物居中，攝取的角度非常有趣，真是讓阿嬤阿公大為驚訝！

2Y4M 秋日攝影展

風和日麗。海蒂在台中的老家發瘋不肯午睡，跟爸拔媽麻Skype過後，仍舊一尾活龍似的。阿嬤只好陪著公主發瘋，幫海蒂穿上長袖外套、長褲，出到院中，手上揮舞著電蚊拍，跟海蒂一起餵魚、看花、賞蝶、唱歌，釋放她的充沛活力。其間，阿公取出一張長方形油畫布開始在大門內的小石子地上畫起來，海蒂也興致盎然地走到旁邊觀賞，露出激賞的表情。阿嬤取出相機來為畫作拍照，海蒂搶過相機，說她也要拍。

她先拿阿公跟阿嬤當麻豆，接著拍園裡的玫瑰、一點紅和幾棵樹，甚至阿公曬的幾只碗和盤。拍來拍去，她嘆了氣下了結論說：「怎麼花都不開了？」秋日的午後，海蒂心血來潮，用相機記錄老家的庭園。蝴蝶飛出鏡頭外，只抓住了聽話的阿公阿嬤跟幾個碗盤和不會移動的花草。

她看到一向關心的植栽內的房屋及人偶模型居然東倒西歪，非常不以為然地質問是誰弄的！知道是阿公搬動後的結果，還老氣橫秋地告誡阿公：「阿公！以後你不可以這樣亂七八糟的。」

2Y6M 冬日咖啡廣告系列照

午後，阿公阿嬤用娃娃車推海蒂出去散步。先到超市買杯咖啡喝，海蒂吃草莓棒，三人對坐聊天，享受午後的清閒。

阿嬤幫海蒂拍照，海蒂也想幫阿公阿嬤照相。幫阿公阿嬤照完像，她說想拍牆上的咖啡杯，阿嬤幫娃娃車轉個方向，海蒂拍了咖啡杯，又自己轉了角度，拍了遠處牆上的咖啡豆海報，阿嬤說，這樣拍不到完整的豆子海報，她堅持說：「我也要拍下窗子外面。」

然後，她說想拍超市外公車站前的咖啡豆旗幟，沒料到瞄準後，卻開來一輛轎車停駐，擋

阿公阿嬤長得太高了

阿公和阿嬤當麻豆，在畫作前半蹲。

黃薔薇都快「哭」了

中午洗好的碗盤，乖乖地排隊曬太陽。

鄭重其事幫喝咖啡的阿公阿嬤照相

羅列牆上的誘人咖啡豆海報

堅持同時攝入廣告與窗外的景致

看到窗外遠方咖啡色的旗幟式咖啡廣告

她想抓住我們（調整前）

她抓得住我們（經過她指揮調整後）

拍花的海蒂（姑姑攝）

這一朵花超漂亮，給她來一張特寫吧。

鏡頭對準了地上的石頭（姑姑攝）

不只拍花，石頭排在一起也很有趣哪。

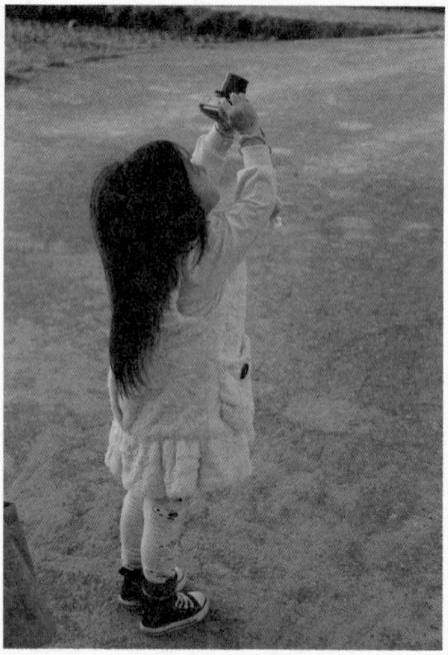

仰角望天的海蒂（姑姑攝）

電線桿爬上了天空

住了視線。阿嬤將海蒂推到落地窗前，海蒂興奮地完成她的連續性系列咖啡豆廣告的拍攝。

海蒂真厲害，年兩歲半又二十二天，手不抖，鏡頭抓得準。

2Y9M 指揮若定的布局

吃過晚飯，諾諾從睡夢中醒來，惺忪著眼，露出可愛的笑容，阿嬤趕緊拿出相機拍照。海蒂攝影慾望又起，要求要幫阿公、阿嬤、姑姑和諾諾照張像，照完，看了照片不滿意，要求再照一張。這回，她像個嫻熟的攝影師一樣指揮若定，要姑姑坐靠近些，要阿公對著鏡頭比「耶~」，不停地叫諾諾看著鏡頭，忙得很，只是妹妹不肯聽她的。

照完後，阿公、阿嬤、姑姑驚喜地發現她將原先鬆散的布局指揮成緊密的畫面，穩定度也好多了。她看完後，滿意地說：「好了。」

3Y8M 冬日郊外獵豔篇

海蒂和諾諾老為著那台阿嬤淘汰的相機爭吵不休，阿嬤覺得小朋友喜歡拿相機照相應該是遺傳了她爸拔媽麻的興趣，從血液裡帶出來的，不能因為這種原罪傷了和氣。於是，今年過年，和阿公商量後，送給兩位小孫女各一台相機（非玩具）。

年除夕，她爸拔媽媽看到了，直呼誇張。然後，帶回去後就不知所終（應該被保管了）。黃昏，阿嬤帶著海蒂去附近散步，阿嬤直嘟囔著：「相機不知被藏去哪裡，應該帶回來的，滿目都是風景，相機不就該在這時用嗎？」

海蒂在回程時提醒阿嬤：「阿嬤為什麼不拿相機出來照？妳的包包裡有相機哦，我看到了。」阿嬤躲懶，問她：「妳想照嗎？阿嬤的借妳。」海蒂歡歡喜喜拿去，不時蹲下仰上地取鏡。路過的行人為之側目，都過來稱讚她：「小朋友幾歲啦？挺有架式的，相機拿得好穩。」這人不知道的是，海蒂早將他收入鏡頭咧！

這時，有個帶著相機四處獵豔的狗仔隊成員——海蒂的姑姑忽然出現，為她拍下了她獵奇的身影，非常有趣。

— 輯三 —

我來我來——生活技能的學習

自我意識的覺醒

1Y8M 約定與承諾

兒子媳婦經常來托嬰。

海蒂的爸媽放下海蒂，出門辦事時；海蒂總跟著阿嬤乖乖站到門口說再見，看著爸媽進電梯、門闔上，然後，電梯徐徐下樓，她一逕無異詞，這一點真是太讓人感動。打從海蒂稍諳人事起，家人凡事都跟她說得清清楚楚，沒有模糊或取巧空間，大人先信守承諾，小孩因此養成講理習慣，不會胡亂耍賴。

海蒂出門時，堅持保管姑姑手上拿著的鑰匙，說：「我拿。」阿公說：「還給姑姑，鑰匙掉了，大家都進不去了。」「我拿！」她把一大串鑰匙抱進胸前，堅持著。「鑰匙是開門用的，現在出去玩，沒有門可以開，還給姑姑保管吧。」姑姑求她。她跑到巷子一邊的廢宅前，指著大門，認真地說：「門。」大夥兒都笑了，果然是門。

「是門沒錯，但不是阿嬤家的門，不能隨便開別人家的門；而且這副鑰匙也開不了別人家的門。」阿嬤退而求其次：「不然，這樣好了，妳先把鑰匙讓姑姑保管，等一會兒回去的時候，一

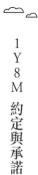

定讓妳用這把鑰匙開門，好不好？」海蒂終於被說動了，開開心心地把鑰匙交給姑姑，還複述了一句：「海蒂開門。」

可惜回程時，海蒂睡得不省人事，阿嬤沒法子兌現讓她「開門回家」的承諾。

海蒂睡前老啼哭，阿嬤不忍心，昨日跟她談條件：「若是今晚睡覺沒哭哭，阿嬤明天就買玩具。」昨晚就寢，還是止不住地哭，阿公說：「就別提『睡覺』兩字，讓她自然睡。」剛說完，阿公自己就立刻自然睡去，海蒂則一直忙著從童書上假裝取冰淇淋吃，也餵阿嬤吃各種口味的，兩人都越吃越清醒，自然睡覺法宣告失敗，禮物送不出去。

次日，從探望媽厤生妹妹的醫院出來，特地帶海蒂到積木店，去看阿嬤猜測她可能會喜歡的組合積木，說：「妳若睡覺時不哭，阿嬤就一定買這一大桶積木送給妳！看到了嗎？我們勾勾手。」海蒂一路比手畫腳地自言自語：「可以鎖來鎖去！組合的。」

然後，阿公阿嬤明顯看到她的疲態盡露，走了一會兒，阿嬤說：「如果走不動就說。」她立刻舉起雙手，才趴上阿公肩頭，即刻陣亡，直到上床，都沒醒來。

爸拔質疑：「這樣能算睡前沒有哭哭嗎？」阿公說：「答應的事不該爽約。」

那桶積木，於海蒂而言，如探囊取物，因為阿嬤覺得，任何年齡，約定和承諾都是必須要實踐的。

2Y 認識蟲魚鳥獸

海蒂的花樣多，阿嬤阿公應接不暇，媽麻說她早上無端睡了個飽飽的回籠覺，應該不必再睡午覺。果不其然！精神奕奕的。阿嬤只好帶她出門操練一番，沿著細細長長的小路去看金山大樓前池子裡的魚群。

一路上，蝶飛蜂舞，小鳥飛下小徑來啄食；海蒂驚喜莫名，不時停下腳步觀看，並驚呼：「蝴蝶！」「小鳥吃東西」。阿嬤說：「好漂亮！」海蒂老成持重點頭回說：「嗯！很特別。」阿嬤被這回答驚得後退兩步。

池裡的魚兒好多也好大隻，海蒂指著各色的魚辨識顏色：「黑的」、「白的」、「黃的」……然後很精準地說出「橘的」。

看完群魚，緊接著到中華電信局門口去跟大門兩邊各一隻的熊寶寶握手，摸摸牠們的肚子。然後，海蒂老里老氣說：「再去看別的動物！」阿嬤問：「其他動物是什麼？」她很清晰地說：「長頸鹿。」

阿嬤游目四顧，一時不知何處有長頸鹿，只好承諾她：「改天跟阿公一起再去一次動物園。」她興奮地拍手，說：「去看哞哞的牛、吼吼的老虎，……還有汪汪的狗、喵喵的貓、咩咩的羊！」一口氣點名好多種動物。

風，吹動了海蒂的頭髮，也吹紅了阿嬤的眼睛。造物的神奇在孫女的學習進度上看得最分明！阿嬤感謝老天。

2Y 難以跨越的重要且艱難關卡

今午舉家前往北投吃飯。餐廳寬闊，周遭有小草坪，還可泡湯，頗適合有小朋友的家庭聚餐。海蒂吃到一半，忽然豪性大發，大聲宣布：「來唱歌吧！」於是，大家用著小小的音量，跟著她一首一首地唱，每唱完一首，大夥兒便一起歡欣鼓舞地鼓掌歡呼，一家七口其樂融融。

海蒂已經可以領唱整首的〈哥哥爸爸真偉大〉，可以跟唱〈造飛機〉、〈生日快樂〉及〈一同去郊遊〉、〈一二三四五六七〉等曲子，堪稱進步神速。

語言方面，也已經可以完全達意，譬如看到阿嬤的燙傷（阿嬤成天被熱鍋鍋沿燙傷），會拿出面速力達母說：「阿嬤的傷口會痛，我來抹抹。」吃完飯，會拿出阿嬤的藥包，高喊：「阿嬤來吃藥。」聽到阿嬤咳嗽，會勸勉阿嬤：「阿嬤喉嚨痛痛，要去看醫生，勇敢吃藥。」顯見她非常具有同情心。

每回，海蒂回來總會把玩具全倒出來玩，回去時，往往忘記讓她收拾乾淨，今天，小姑姑相準她的同情心，領著她說：「妳要回家，玩具也想回家，我們一起來幫她們回去自己的家吧！」海蒂欣然同意，一一將它們歸位，阿嬤希望能幫助她持之以恆地貫徹這個習慣。

阿公買了小馬桶給她試用，她非常願意配合，要大便時，漲紅了臉，取下尿布，上去坐著，用力地擠眉弄眼，不時揮手給自己打氣：「加油！加油！」還不忘叮嚀：「要給海蒂拍手！」可無論如何就是沒辦法有成果，一直搞到回家在即，還沒放棄奮戰。

全家人都為她的努力感動，知道這是一個重要且艱難的關卡，圍著給她打氣，看到她如此盡力，卻無功而返，最後忍不住勸她暫時放棄：「下一次吧！下一次再試吧！」因為如果再繼續下去，大人都因跟著她使力而忍不住要跑廁所了。

2Y1M 煮咖啡的小幫手

午後時光，阿公阿嬤姑姑圍坐著煮咖啡、喝咖啡。

海蒂不甘寂寞，過來湊熱鬧。她站立一旁，很仔細地觀察所有的步驟。阿嬤提醒她必須跟正煮著的咖啡保持一定的距離，咖啡很熱，若燙到，「會很痛很痛！」她雖做出怕怕的表情，卻難掩好奇。

上回，阿嬤打開奶油球，教她在阿嬤的咖啡裡繞圈圈淋上奶油，第一杯沒拿捏好速度，奶油一下子全傾倒光了；阿公接著請她幫忙，這回她牢記放慢速度的叮嚀，在咖啡上淋出圈圈來，興奮地拍手給自己打氣。

今天，阿嬤用鮮奶打泡機加熱，海蒂目不轉睛全程觀看。等大人們喝完咖啡，她發現加熱壺裡殘餘些許牛奶，好奇地問這、問那：「裡面黑黑的那是什麼東西？」「是轉圈圈可以加熱打泡泡的。」「可以拿出來看看？」「可以啊！」看完後，阿嬤將黑圈圈裝回，她露出滿意的表情。

牛奶冷了，她問：「可以再加熱嗎？」阿嬤說：「試試看也好。」她立刻興奮地拿小湯匙在加熱杯裡攪拌，然後，舉起重重的加熱杯，將裡頭剩餘的牛奶全神貫注地倒在阿嬤還殘留半杯咖啡的杯裡，牛奶和咖啡瞬間交融。

完美的傾倒！沒有倒出杯外，海蒂、小姑姑和阿嬤都齊聲讚歎鼓掌！

「請喝咖啡。」海蒂推過來她處理的第一杯咖啡，眼神充滿期待。阿嬤仰頭喝下第一杯金孫女為她合成的咖啡後，咂咂嘴，說：「太好喝了！謝謝海蒂。」

海蒂在午後的coffee time驕傲地笑了。

2Y1M 自我意識這麼強，對嗎？

阿嬤逐漸發現，海蒂是個非常嚴謹的人，一向粗枝大葉的阿嬤簡直望塵莫及。

平時，吃飯的小桌上不容許有飯粒殘留，必清理得乾乾淨淨；對地板上的小絨毛十分過敏，一定要撿拾丟棄；阿嬤的雙手經常出現被燙傷的痕跡，她絕不坐視，一定要取藥抹抹；坐在椅子上，只要感覺有什麼東西掉了，必定徹底搜尋，像個酷吏，除惡務盡！

沒把握的事，抵死不肯做，必先悄悄學習；沒把握說的話，絕不亂發出聲音，必先模仿唇形再偷偷無聲的練習。有時感覺她不夠大方、勇敢，不輕易嘗試新東西，原來她對所有的事、物，都謹小慎微，尤其在學習上，自我要求必須十分到位，包括玩洗頭、製作冰淇淋或炒菜的遊戲，每道程序都不能省，而且模仿得維妙維肖。大人為了省時省麻煩，想「偷吃步」減省某些環節，她可不依！

昨日，阿嬤牽著她的手出門，下門廊階梯時，阿嬤拉著她的右手，她的左手將一旁的欄杆握得緊緊的，每一個階梯都要有十足把握才肯謹慎將腳踏下。走出大門，跟阿嬤牽手偕行。不經意一瞥眼，原本走在阿嬤左邊的她，忽然繞到阿嬤的右方，兩隻小手直探阿嬤的背包，口裡嘮叨著指導阿嬤：「把拉鍊拉起來！」原來阿嬤的彩色背包中中樞拉鍊齜牙咧嘴的，她看不下去，自己動手來幫忙了。

這位小女生有超強的自我意識，不想做的事，沒有任何人可以勉強她；她想做的事，沒有人有能力阻止她。譬如，左躲右藏將紫氣球遮住小臉蛋，不顧阿嬤的苦苦哀求，就是不肯露臉給大人照相。幸而，她的是非觀念還算很清楚，偶爾「番」起來，只是賭氣地撲倒在沙發上揉眼睛或站到角落去瞇著眼喘氣兼嘆氣以表達強烈不滿。阿嬤已經警告過她幾次：「這種老套已經不管用，換換新招吧。」

才兩足歲的小孩自我意識這麼強，對嗎？

獨立時代

2Y1M 首度離開爸媽的返鄉之旅

首日：沿路凡事問

下午四點多，女兒下班後，和海蒂三人一起驅車南下，投奔待在潭子老家的阿公。這是海蒂首次離開父母遠行，對她和阿嬤都是嚴苛的考驗。雖然一再詢問過海蒂的個人意願，她都說可！但阿嬤還是心存疑慮。勾勾打了、印章蓋了，也信誓旦旦，豎起大拇指說：「好寶寶，一定做到。」

南下途中，時陰時晴時雨，每隔一段時間，坐在安全椅上的海蒂便衝著阿嬤問：「現在到哪裡？」阿嬤雖然心裡不以為然：「我說了，妳又知道什麼！」但仍舊很有耐心地一一回答：「竹北」、「新竹」、「頭份」、「苗栗」、「豐原」直到大雅交流道，阿嬤說：「快到了，要下高速公路了。」海蒂忍不住歡呼起來：「耶~耶~到了。」

海蒂一路上又唱歌、又念詩，學詩進度已至第三首王之渙〈登鸛鵲樓〉：「白日依山盡，黃河入海流。欲窮千里目，更上一層樓。」每首歌的歌詞咬字越加明晰。一首歌可以自行變化歌詞，指著窗外的天空唱：「1234567，阿嬤的天空在哪裡？在這裡，在這裡，阿嬤的天空在這裡。」然後，「天空」換成白雲、樹木或眼睛；再不然，就是將主詞「阿嬤」改成姑姑、阿公或海蒂，一路唱得不亦樂乎。

車子超速時，會發出「逼逼逼」的聲音，海蒂目前對聲音特別敏感，最常問的就是：「這是什麼聲音？」姑姑告訴她：「這是因為阿嬤開車開得太快，很危險，車子在警告她。車子開太快，會撞到，會流血痛痛，很可怕。」她聽了，若有所思，馬上殷殷告誡阿嬤：「阿嬤慢慢開，注意安全。」

車行過新竹，忽然在遙遠的地方出現美麗的彩虹，海蒂歡樂地大叫：「彩虹。」過了苗栗，忽然下起雨來，海蒂忽然問：「阿嬤！為什麼會下雨呢？」阿嬤一時語塞，不知用怎樣的說法才能讓兩歲的孩童理解下雨這件事，只好胡編一氣：「因為雲兒飄來飄去，到處有人請客，吃得太飽太胖，不小心跌了一跤，就從天空掉下來了。」想是這樣的說法沒有得到她的認可，她問了一次又一次。回到家，吃晚飯時，又問了阿公一次。

海蒂跟她爸爸小時候一樣是個好奇寶寶，比她略大些年紀時，她爸拔泡在浴缸裡問：「為什麼肥皂這麼小會沉下去，水瓢這麼大卻浮在上面？」小小年紀，很難跟他解釋浮力和體積重量的關係，只好跟他瞎掰：因為肥皂喜歡潛水，水瓢喜歡仰泳。

整個旅程堪稱十分愉快，最後階段，複習上回阿嬤跟姑姑錄製的「母雞奶奶晚安故事」套書裡的《愛說不的小獅子》，跟姑姑輪流學著繪本中角色的口吻說故事，她決定回家後，給阿公一個「親親！大親親！超級大親親！」但真的回到家後，卻只是害羞地輕輕親了阿公一下。

但這一親卻大大鼓舞了阿公！晚間帶著孫女出門買玩具，買了一組廚房用具兼一組商店刷條碼的小器具及一個唱歌的小麥克風，一整晚，海蒂笑得樂不可支，姑姑被迫擔任顧客及廚房助手，阿嬤則跟海蒂乾杯又乾杯地喝著柳丁汁，阿公擔任伴唱歌手，跟著手舞足蹈。

睡前，又聽了阿嬤、姑姑擔綱錄製的《愛說不的小獅子》，雖然，睡著前，問了兩次「媽媽咧！我要媽媽。」終於通過關卡，很平和且成熟地跨過離家的首夜。

次日：在水花的隙縫間穿梭

凌晨四點多，海蒂忽然從夢中醒來，自己溜下床，說：「已經睡過了。」阿嬤大驚失色！阿嬤凌晨兩點才上床，才過兩個小時，無論如何不能接受「已經睡過了」的說詞，堅持「太陽公公還沒上班」，所有人都必須閉眼休息。

海蒂睜著眼，安靜地躺著；阿嬤假裝閉眼，卻偷覷著。海蒂每過十分鐘，便小小聲叫「阿嬤！」阿嬤低聲說：「噓！閉著眼睛，乖。」海蒂也假裝閉上眼，接著又側過身來小小聲喊：「阿嬤！」就這樣，兩人諜對諜似的搞到五點半，阿嬤只好投降。

海蒂一尾活龍似的精神奕奕，祖孫兩人推開門到院中跟結實纍纍的芒果道早安，跟成群結隊的飛鳥揮揮手。天光乍亮，園中的自動灑水器忽然啟動開來，圓形開展的水花在群花間飛噴廣灑，海蒂高興地在水花的隙縫間穿梭，笑聲格格。

十點左右，阿公在院中拉著長水管洗地、灑水，她也忙不迭地「我來我來」，拿著水管噴地、噴花進而惡作劇地噴阿公、噴阿嬤，兩人走避不及，乾脆搶過水管，反將她噴了一身。夏日的豔陽下，祖孫三人笑著、躲著，卻也因之滿身清涼。

近午，姨婆來訪。海蒂邊吃飯，邊迫不及待地展示昨晚的斬獲。還取出前些日子購得的美髮器具，幫阿公阿嬤的頭髮都徹底清洗了幾遍。除此，又唱了好多歌，今天海蒂發明的新歌詞是指著院中的芒果唱：「1234567，阿公的芒果在哪裡？」指著天空唱：「1234567，小鳥的身體在哪裡？」好厲害的小妞，幾乎可以即席賦詩了。

姨婆走後，阿嬤豪性大發，抱著海蒂跳舞。用電影《紅河谷》（*Red River Valley*）的主題曲，左手搭著她的右手，按照旋律時而轉圈圈、時而往前往後奔，海蒂樂得頻頻提醒阿公：「阿公！你看！阿公！你看！」笑得好開心。

睡完午覺，海蒂猶沉醉在午餐前的快樂瘋狂，主動邀請阿嬤跳舞。阿嬤實在抱不動她，便教她另一招，兩人面對面拉著雙手，由阿嬤帶著，時左時右轉圈圈，這樣跳舞顯然更讓海蒂感到滿意，阿嬤「欲罷不能」，只好將阿公、姑姑都一起拖下水，才能應付海蒂豐沛的體力。

阿嬤這回膽敢帶著海蒂回台中，是剛好把所有積欠文稿清償，帶著全力以赴的心情的，心裡好怕她半夜忽然要找媽媽，所以全天候陪侍在側。

果然，海蒂每逢不合她的心意，覺得委屈，便開始叨念：「我要找媽媽！」阿嬤總要硬起心腸不受威脅。今午明明勾手、蓋印答應只吃一大塊八仙果（棕色潤喉乾果），卻在吃完後反悔，不停前來交涉求情，用手做出小小的動作說：「再來一塊小小的吧！」阿嬤不答應，她拿出喝水的小雞杯，說：「小雞杯想吃的捏！」阿嬤說：「小雞杯只喜歡喝水，不喜歡吃八仙果。」她看阿嬤不上當，開始哭著找「咪咪」；阿嬤不為所動，她乾脆自己動手起來。阿嬤用眼神嚇阻都沒能成功，只好做出不理她的樣子。她見狀邊吃、邊大哭（不知怎能那麼不顧一切，真有那麼好吃？）。

事後，她一副無事狀，到阿嬤跟前撒嬌：「海蒂陪阿嬤玩遊戲。」阿嬤問她：「阿嬤不想跟不守信用的小孩玩。」她低頭不說話，接著抬起頭燦笑著諂媚：「阿嬤陪海蒂玩吧！」阿嬤說：「知道錯的話要道歉，說『對不起』才可以。」她才小小聲說：「對不起。」阿嬤只好不計前嫌，開始跟她玩起買賣的遊戲，或許因為內疚，這回，海蒂禮讓阿嬤當老闆，她當顧客。

黃昏，阿公灑水澆花，又讓海蒂盡興地玩了水，阿嬤和海蒂一組，對抗阿公。兩軍用強烈水柱互噴，三人都玩得濕淋淋的，好不開心！

回中部後，阿嬤全力對付海蒂，想各種招式。前一陣子，買了鴨子小便桶，海蒂用不慣，昨日請姑姑專程外出買了個跟她家裡一樣的小馬桶墊，打算訓練海蒂自行上廁所大小便。前天她主動小便，贏得家人一致的讚美；今天阿嬤告訴她：「如果海蒂能在馬桶上大便，阿嬤決定送海蒂幾隻游來游去的魚。」

一向最喜歡看游魚的海蒂很動心，五點多鐘時，跑來告訴阿嬤要便便，阿嬤龍心大悅，趕緊帶著她進洗手間。她坐上馬桶後，又一如以往，不停給自己加油，可就是沒結果，無功而返。但坐上馬桶的海蒂倒是叨叨向阿嬤說了一套安全須知。

她說：「不要自己亂跑，會給大人牽走，阿姨叔叔會牽走。」

「大人牽走有什麼關係？」阿嬤閒問。「不行，會糟糕！會看不見阿嬤阿公和姑姑，不能一起玩。」她答。這套安全須知是她最近學到的新知識，回台中的第一天去賣場買玩具時，她就在大賣場門口跟阿嬤重複又重複地說。

沒料到，過不到十分鐘，她又緊張地跑來說又要便便。阿嬤又重複帶去洗手間，這次居然是真的！阿公阿嬤都欣喜若狂地恭賀她、稱讚她「厲害」。她個人可是驕傲著哪！頻頻說：「自己便便捏。」

姑姑開車出門去了。為了信守先前的承諾，阿公阿嬤只好安步當車，帶著海蒂去搭公車找水族館。豈料好不容易看到斗大的「水族館」招牌，竟然說六月底已歇業，現下只經營貓狗相關生意。兩位老人家帶著海蒂，怎麼也招不到計程車，流浪街頭。

猛然想起記憶中文心路上彷彿見過，便推著娃娃車去。天啊！汗流浹背地從四段走到三段，中途，海蒂從推車上掙扎著想衝下來，口裡直喊：「後面，後面，電話。」原來剛才從一個公共電話亭經過，她超興奮的，想進去裡頭打電話試試。阿公阿嬤還抱起她，讓她拿著聽筒和她的咪咪說說話。

折騰了一晚，終於買到魚，阿公阿嬤看到海蒂綻放的開心笑容，都覺得一夜的辛苦好有代價。

第三日：餵小鳥吃餅乾

回到老家的海蒂在綠意圍繞的庭園內，享受鄉居的生活。

四姨婆帶著朋友前來，海蒂意外地親和，還應邀親了姨婆，阿嬤強烈懷疑跟四姨婆送了可口的餅乾給她有關係。姨婆的朋友留了幾枝帶殼的筍子，阿嬤機會教育，拿著筍子告訴她這就是「筍子」。海蒂看了看，好奇地問：「筍子是什麼東西長出來的？」這可真是個好問題！幸而阿嬤沒被難倒，因為園子裡就種了許多唐竹和幾株四方竹：「筍子就是阿公種的竹子生的小孩子！」有「竹」有真相！海蒂立刻明白了。

園子像一個生態園區，各種的昆蟲、鳥類群集逡巡。一大早，就聽到蟬聲高唱，阿公趕緊抱著海蒂仰頭找尋，發現蟬兒就趴在靠前圍牆的櫻樹小枝幹上猛高歌，為了讓海蒂能看到，阿嬤還仿造小時候黏蟬的記憶，用長細竹竿指給她看，蟬兒好機警，一會兒便飛走了。

阿公說，他在清掃落葉時，還看到三隻蜈蚣；而滿園都可以看見飛舞的蝴蝶及時而來湊熱鬧的蜻蜓和蜜蜂，最準時出席的當然是源源不絕的蚊子囉！但海蒂早說過了：「我要跟小鳥做朋友，不跟蚊子做朋友。」

吃午餐時，海蒂往後一瞥眼，看見她的背包上的綠色貓頭鷹，跟阿嬤說：「貓頭鷹在偷看我吃飯。」阿嬤看過去，果然感覺貓頭鷹一副賊頭賊腦的樣子；海蒂的眼睛朝窗口望出去，看到好幾隻小麻雀就飛到草地上低頭走來走去。海蒂聽說小麻雀是在找食物，立刻放下碗，掙扎著從餐椅上下來，奔往客廳，取了餅乾，邊跑邊說：「海蒂要餵小鳥吃餅乾，小鳥餓餓。」阿公被感動了，急忙放下工作，抱著她去草坪上撒餅乾。

除了園子內的小昆蟲，阿公的身上還穿了一隻寫意的大熊，大熊在阿公的前胸張牙咧嘴，後背是一排可怕的熊爪子。這讓我想起《古典其實並不遠》裡寫的〈南陽士人〉，故事裡的主角，在一個炎夏的夜晚臥在前院養病，忽然聽到敲門的聲音，家人都沒聽到，他只好扶病前去應門，門才開了一點，一隻虎蹄伸進，遞給他一張白紙，說要他殺了某個法官；他來不及思考，來人就走了。他拿著紙條進來，在澄亮的月光下一看，發現一個字也沒有，紙上只有一排的虎蹄。……（欲知後事，請買一本《古典其實並不遠——中國經典小說的25堂課》，〈未來出版〉）。

第四日：臨去秋波那一轉

海蒂結束故鄉之旅北上前，又跟阿嬤跳了好幾回雙人舞；幫阿嬤用真正的水和洗髮精洗了頭，搓了阿嬤一頭泡泡；激烈地和姑姑阿公阿嬤玩了噴水遊戲；摘下了院中的五個芒果上路。

然後，和妗婆一起去附近的「淺嚐」餐廳約會吃午餐；飯後，妗婆在雨中打傘陪海蒂觀看餐廳池中的大魚群，海蒂和妗婆培養出好交情。

大雨中離開餐廳上高速公路，海蒂臨去秋波那一轉，忽然發現：「糟糕！把妗婆丟掉了，妗婆怎麼沒有上車呢？」

學會優雅

2Y2M 我來！我來！

「我來！我來！」這是海蒂近日最常說的話。

她真是個好學不倦的人，從言語到行為，衣食住行，無一不堅持「我來！我來！」她事必躬親，穿鞋，「我自己來」；吃飯，「自己餵」；開門，「我來我來」；夾髮夾，「我來我來」；搓泡泡洗頭，也「我來我來」……。阿公嘉許她「勇於任事」，當行政院長最好。

要幫她穿鞋或扣釦子，她定推開你的手，說：「我來！我來！」在飯廳內餵她吃飯，她必搶下碗筷，自己吃得像小雞啄食般四處噴射；大人在廚房內摘菜，她也搶先爬上桌前，煞有介事地有樣學樣；有人要開電視機，她定搶下遙控器，要求大人教她如何使用。

「我來！我來！」不管大人有多急，她堅持「我自己！我來！我來！」

前日在台中，阿嬤專注在電腦上打字，感覺有個人影從一旁經過，隨口說：「請幫我把電風扇關掉。」那原本往前跑去的人，瞬間停了腳步，回頭蹲下琢磨了一下，把兩個立扇給關了。阿嬤回頭一看！蛤！居然是海蒂。

海蒂已經成為家裡最勤快的小幫手。幫阿公拿放在客廳的手機過去臥房；幫阿嬤找到眼藥水送來書房；要出門吃晚餐了，看小姑姑還流連在電腦上，她直接幫小姑姑收拾背包往自己的肩上掛：「我來幫忙背。」阿嬤拉開紗門，海蒂已經把阿嬤的鞋子擺得端端正正，說：「阿嬤穿鞋鞋。」海蒂才兩歲兩個多月，已經日行好幾善。

她喜歡讓阿嬤抱著，在電腦上搜尋「娃娃」的照片。阿嬤找到google，才要在搜尋欄上打字搜尋，她嘴裡已經開始喃喃道出：「ㄨㄚˊ ㄨㄚˊ」的自然注音。

當一排又一排的娃娃出現時，她會指揮阿嬤將畫面拉上、拉下、放大，一邊臧否著：「這個好可怕！」「這個好可愛！」「這個好漂亮！」「這個好醜！」看到大娃娃嘴裡還銜著個小娃娃的照片，她甚至會說：「這個好噁心！」每句形容詞都滿精準的。

上回，看到一個穿著蕾絲邊小蓬裙的小女娃竟直言：「這個好可愛！我們來買吧！」我問她：「妳有錢買嗎？」她立刻掏出在口袋珍藏許久的一塊錢，驕傲地說：「我有錢！口袋裡。」

2Y2M 要學會優雅

海蒂坐上安全椅後，還關切阿嬤必須繫安全帶，把手上的小雞杯放在阿嬤跟她之間的椅子上，自己開始編起歌來：「我在安全椅上很安全，繫上安全帶也很安全。小雞杯坐在中間，涼涼爽爽的，好安全！」還要阿嬤也要編一曲，阿嬤只好依樣畫葫蘆地胡唱一通，海蒂顯示很滿意。

爸拔的車子不小心陷入泰順街巷弄間的人潮中，她坐在安全椅上往前眺望，說：「外面好多人在走路，不能下去。下去會被別人帶走，沒辦法再看到爸拔媽麻，也沒辦法再看到阿公阿嬤和姑姑，真的很可憐！」

吃粥的時候，別桌的三位男士中的某一人打了個響亮的飽嗝。她立刻問：「這是什麼聲音！」阿嬤說這是吃太飽打嗝的聲音，她馬上回頭用手指指著其中一人說：「是他嗎？」阿嬤嚇了一跳，趕緊扳回她的手指，悄聲跟她說：「用手指指著人是不禮貌的，我們要學會優雅。」她愣愣地模仿阿嬤說：「要優雅嗎？」

優雅地吃粥回來，肚子竟然很不優雅地鬧個沒完，狂瀉到手腳無力。海蒂體貼地趴身在洗手間外頻問：「阿嬤！妳怎麼啦？」阿嬤說：「阿嬤肚子痛，拉肚子。」阿嬤不知道她聽懂沒有，但是，聽到她很誠懇地從門下的隙縫間跟阿嬤說：「阿嬤加油！」

臨走，穿鞋時又搶著鞋子說：「我來！我要自己穿。」穿來擠去的，一直把阿公想來幫忙的手擋住，笑得好燦爛。

2Y2M 從前從前……

海蒂維持高活動力，一刻不得閒，對某些遊戲百玩不厭。阿嬤的頭不小心叩到她的頭，隨口跟她說：「歹勢！對不起！不小心叩到妳的頭，哇！好痛咧！」然後撫著額頭裝出嗚嗚的哭聲。

沒料到海蒂隨後加倍演出，故意用頭來碰阿嬤的頭，然後用手揉著額頭，以悽慘的哭腔邊嗚嗚哭泣邊說：「歹勢！對不起！不小心叩到妳的頭，哇！好痛咧！」就這樣不停地碰頭、不停地道歉、不停地反悲為喜，格格地笑個不停。玩到阿嬤的頭都已經差點腫成兩倍大還不罷休。

在遊戲時，她那悲傷痛苦的表情及哭聲，好寫實，有一度讓阿嬤差點被騙，以為真的痛到無法收拾，心裡直喊不妙，直到她爬起來破涕為笑，阿嬤才能確定她是鬧著玩的。這孩子將來也許可以從事演藝工作，真的演很大。

海蒂看完故事書，忽然抬起頭跟阿嬤說：「我來說故事。」阿嬤以為她在模仿阿嬤說話，漫應道：「好啊！來說故事。」

她放下書，在沙發上端坐，兩手抬得高高的，說：「從前從前……」阿嬤嚇了一跳！她是真要說故事？停了一會兒，她繼續說：「有好多小鳥在天空飛來飛去……」

阿嬤興奮極了！天啊！小孫女會說故事了！

她的雙手放下來，阿嬤忍不住急問：「後來呢？」海蒂從沙發上一躍而下：「我們一起來玩遊戲。」頭也不回地奔往玩具間取玩具去了。這也算一個故事嗎？

2Y3M 講話請排隊

海蒂正值自我感覺良好期，每天一醒來，便一直不停地問東問西，跟她玩遊戲，總要按照她所分派的角色扮演。有時大人正熱烈交談，她一看無法插話，便不停地叫：「阿嬤！」「阿嬤！」「阿嬤！」一聲急過一聲，氣急敗壞的。

她的媽麻一次又一次地告訴她：「海蒂！要等大人把話講完了才輪到妳，這樣很不禮貌。」她生氣了，阿嬤說她一直在搶當女主角，不喜歡擔任聽眾。

昨晚，從台中北上，幾日不見，大人忙著交換訊息，她又來了。整個客廳裡就聽到「阿嬤！阿嬤！阿嬤！」的聲音迴盪。她爸拔把她叫到跟前，鄭重地說：「海蒂！我們去買東西的時候是不是要排隊？去吃飯的時候也要排隊？」海蒂點頭。「講話也是一樣，也要排隊，要等前面的人講完了，才輪到妳講。知道嗎？」

「知道了！」海蒂乖順地回答。接著，黑眼珠子一轉，飛快地擠到爸拔坐著的單人沙發後方，趴在爸拔背上，跟大家宣布：「現在我排隊了！」眾人瞠目結舌，忘了說話，於是，很快就輪到她了。

2Y3M 從生活的細微處學習

中午時分，一早下班回家睡覺的小姑姑睡眼惺忪從臥房走出，海蒂睜大了眼睛喊：「姑姑回來了？」阿嬤告訴她：「昨晚太陽公公下班後，輪到小姑姑去上班，她一整個晚上都沒睡覺哪！」海蒂心疼地說：「姑姑好辛苦！」然後，靠過去親了姑姑的臉頰，姑姑高興地瞬間忘了疲憊。

午後，阿嬤阿公開始要煮咖啡。海蒂熱心參與，卻不小心將置放咖啡器具的小抽斗整個拉出抽屜（後方沒釘卡榫）之外，掉到地上，發出轟隆巨響。雖然只掉出幾個小空瓶，並沒破，海蒂想是覺得自己闖禍了，愣在當地，不敢動彈，眼眶逐漸泛紅。阿公阿嬤趕緊安慰她，說：「沒做過的事，做壞了沒關係，但是得慢慢學會方法。」

於是阿嬤將抽斗拾起，把掉出來的瓶罐放回，然後，慢慢教會海蒂開抽屜時須慢慢行動，斟酌力道，不要力拔山兮、用力一口氣拉出。接著，阿嬤讓她實際再操作一次，她小心翼翼地斟酌力氣，慢慢地，直到安全抽出抽屜才高興地拍手歡呼。

昨日，她學會了同理心和不必力氣使盡地達到目的。

2Y3M 愛問問題的海蒂與愛說「不」的紫氣球

這回，從中部北上。途中，阿嬤已深具遠見地提醒阿公：「諾諾成長飛快，記憶力尚差，一星期沒見，我怕她要認不得我們了。」

為了搶救諾諾的親情，顧不得舟車勞頓，回到台北，就趕緊奔往她們家朝見二位公主。果不其然，諾諾默默觀察半晌，阿公示好地伸手抱她，她竟兩道眉毛紅了起來，接著嚎啕大哭。那種悲痛的哭聲裡，隱藏著對陌生人的忐忑，讓阿公阿嬤好失落。

幸好海蒂自告奮勇，決定跟隨回阿公阿嬤家，稍解阿公阿嬤的惆悵。海蒂此番夜宿阿公阿嬤家，嚎啕大哭的狀況不再，但睡前仍短暫叨念媽麻，只是，似乎已稍能理性溝通，差堪告慰。

為獎勵她的轉變，阿公阿嬤及小姑姑三人昨日下午帶她前往位於內湖的某家親子遊樂場去玩遊戲。

因為在車中從高臥中被叫醒，海蒂初始有些害羞及懼怕，後來則欲罷不能，玩得起勁。最受她青睞的遊戲還是買菜結帳、煮飯請客、買賣糕點及摘蘋果、拔蘿蔔等女性慣常活動，看來海蒂將來也許喜歡嫁作人婦，洗手作羹湯。在家裡玩的是類似的活動，出來依然。

每天在家裡玩買菜結帳、給錢找錢的遊戲，今日晚餐後的咖啡時間，阿公就讓海蒂化遊戲為實作，帶著她去櫃檯結帳。平日在家就學會付錢找錢並索取發票，海蒂這回初試啼聲，有模有樣。

在去吃晚餐的電梯前，海蒂拾獲被丟棄的無桿紫色氣球一枚，這枚氣球讓她樂不可支，輕輕的浮力，飄過來飄過去，她覺得神奇得不得了，咯咯嘎嘎地笑到差點岔氣。因為時間早，餐廳裡顧客不多，她那全無城府的開心笑聲，讓服務生們提升了好多的士氣。

這枚氣球一直被海蒂緊握著回到家，四人在客廳裡拍打送球，玩得真開心！

回來一天半，她終於讓阿公阿嬤鬆了口氣，大便了。她邊大便邊跟阿公阿嬤說教：「大便是一件好事，不用害羞。大便以後才健康，……不過，大便真的很臭！」她皺皺鼻子表示同情；這個議題還延續到晚上睡覺前的聊天：「阿公，大便為什麼會很臭？」阿公正經八百回：「我們吃進去肚子的食物，有營養的被身體吸收，沒營養的就被排泄出來。待在肚子裡越久，大便越臭。」這有回答到問題癥結嗎？

帶著紫色氣球一起入睡的海蒂，問完大便問題，又拋出另一個問題：「為什麼我抓住氣球，她會在我的手上歪過來歪過去，而且會往上飛？」阿公要從物理課開始說起，阿嬤提醒他不需講太清楚，他只好說：「因為電扇吹過來，所以她東倒西歪。」海蒂轉頭看阿嬤，阿嬤拿出她聽了兩整天的《愛說不的小獅子》（親子天下）有聲書解答：「因為這個氣球脾氣不好，跟母雞奶奶故事裡那頭小獅子一樣愛說『不』！這也說『不』、那也說『不』，所以不停地搖頭。」

2Y3M 歡樂的假日郊遊

午後，兒子來電邀約，舉家上陽明山郊遊，難得年輕人不嫌棄，兩老自然是欣然赴會。兒子開著一台設備齊全的旅行車，由外雙溪迂迴上山。天氣非常合作，晴而無雲，海蒂屢屢：「阿嬤！阿嬤！」地叫，要阿嬤看窗外的天空，說：「妳看！天空好高哦！」阿嬤問：「有沒有雲啊？」她偏著頭找尋，回說：「沒有欸！」

陽明山上車潮洶湧，好不容易才在夢幻湖的停車場找了個停車位。下車後，清風徐來，竟感覺有些冷冽。海蒂和諾諾神清氣爽的，好不開心。海蒂在草坪及木質斜坡上來回奔跑，跟阿公捉迷藏，和阿嬤競速賽跑，無意中在薄霧籠罩的天空上找到一枚風箏，海蒂興奮地指著天上，說：「阿嬤！妳看！風箏。」

諾諾也感染了全家人的情緒，跟著開心地笑。原本有些生疏的表情很快轉為熟悉，諾諾對阿公有特殊的感情，大家戲稱「阿公的肩膀是諾諾的安全依靠，靠上阿公的肩膀，諾諾就能安然入睡。」阿公對這樣的依賴感到無比的驕傲，這個無法從海蒂身上得到的缺憾，總算在諾諾身上得到補償。

天色逐漸轉暗，收拾了小桌小椅和咖啡茶水，全家人循著蜿蜒的山路下山。海蒂的爸拔照著導航尋找晚餐的地方，沒料到竟在山上略為迷路，遍尋不著，可能已經停止營業。只好下到天母去找吃的！

吃過飯，下到停車場，海蒂靠近阿嬤的身邊問：「現在要做什麼？」阿嬤說：「回家。」海蒂拉起阿嬤的手，柔情萬種地跟阿嬤說：「阿嬤可以跟我們一起回家嗎？」阿嬤說：「阿嬤今天不行欸！明天早上阿嬤要去學校教書。」海蒂立刻紅了眼眶，阿嬤好心疼。

「明天！明天阿嬤跟阿公帶妳回潭子的老家，一定。」在車上，阿嬤承諾海蒂並問：「去潭子，要跟阿嬤睡覺，只能哭一點點，可以嗎？」海蒂表情堅定地回答：「不會哭。」

讓我們拭目以待。

2Y4M 平鍋內迅速煎出三個人

中午過後，海蒂由她爹送了過來；阿嬤有鑒於上回諾諾開始嚴重認生，認為有加強溝通之必要，順便也讓她們的爹娘稍稍喘口氣，建議可以讓諾諾也來陪陪阿公阿嬤，小倆口可以去看場電影、吃個飯。

諾諾初來之際，始則演出狂哭戲碼；後來可能發現爸媽不在的事實已成定局，也就俯首認命。睡了一覺醒來，她把她媽痲苦心調製的整盒副食吃個精光，還外加約100CC的母奶。笑容可掬的，真是可愛極了！

等到爸爸媽媽回來，感覺諾諾整個舒展開來，肢體語言淋漓盡致詮釋了「有媽的孩子是個寶」的幸福。

一位朋友寄來一段畫家用麵糊在平鍋內迅速煎出三個人像煎餅的影帶，海蒂反覆看了好幾次，還一直喊：「阿公，趕快來看，他好厲害！」阿公湊過來看完後，海蒂還為阿公解說了一番：「他畫了三個不同的造型！」讓阿公阿嬤和小姑姑瞠目結舌，而她很快在小桌鋪上一張手帕說那是鍋子，然後拿出特製的手電筒原子筆，跟大家宣布：「我也要來畫不同的造型。」

2Y4M 海蒂的剪貼簿

阿公經常在看完報紙雜誌後進行剪貼工作。熱中服務的海蒂一逕喊著：「我來！我來！」雞婆地手忙腳亂幫忙塗膠水，然後又按又貼。

前些日子，海蒂看到阿公正看著的一張報紙上，有個可愛的小朋友插圖，歡喜地驚叫。阿嬤說：「既然海蒂喜歡，就學阿公剪貼吧！」阿公的道具齊全，馬上翻出一本台灣大學的筆記本。海蒂就此有了人生中的第一本剪貼簿。

海蒂歡喜貼上剪下的插圖，前一日結帳時獲得的鬍鬚張及便利商店的貼紙也被貼上，阿公鄭重地為她寫上起貼日及「剪貼簿」字樣，希望她跟阿公一樣能持之以恆。

一日阿公看報的時候，看到了鮮豔可愛的圖片，對阿嬤說：「這樣的圖，海蒂應該會喜歡剪貼吧？」阿嬤說：「嗯！幫她留著吧。」次日，海蒂和妹妹諾諾來了。阿嬤忽然記起那張有著可愛圖片的報紙，趕緊討好海蒂，說有漂亮的圖片可供她剪貼。海蒂開心地去取出她專屬的剪貼簿等著，阿嬤卻怎麼也找不著那張報紙。阿公從廚房出來時，居然說：「我已經幫她剪起來，而且貼進去了。」

海蒂打開剪貼簿時，看起來有些失望。像那樣的圖片，在她成排的童書裡所在多有，一點也不稀奇，對她而言，最興奮的就是期待阿公或阿嬤操作剪刀將圖片剪起，她鄭重地接過，在背面塗膠水，一邊覆誦著：「這個角角塗一點，這個角角也塗一點，……角落都塗完了再塗中間。」然後，轉過來，小心翼翼地放到簿子上，四處用力按一按，歡笑著說：「貼好囉！」那樣的過程才是海蒂的最愛啊！

阿公搶去了海蒂最享受的過程，自以為貼心地幫她完成。事後，阿嬤責怪阿公，阿公倒像是理由充分地辯說：「如果不是我剪下貼上，報紙鐵定早就丟了。」

2Y6M 教我摺衣服吧！

要回台北了，阿公開始摺衣服。海蒂跟阿公說：「阿公，你教我摺衣服吧！」阿公很有耐心地教她，怎樣對摺後，再對摺，將一個吃飯的圍兜兜摺成小方塊，海蒂由衷地稱讚：「阿公好棒。」

海蒂轉頭跟阿嬤說：「阿嬤教我用橡皮筋把圍兜綁起來吧！」阿嬤放下電腦上正打著的稿子，給她做示範，三兩下將圍兜紮好。海蒂沒說話，阿嬤不服氣，問海蒂：「阿嬤有沒有很棒？」海蒂不吭聲。阿嬤委屈地說：「海蒂不公平！只稱讚阿公棒，阿嬤明明也很棒！」阿公謙虛地解圍：「阿公是外人，才需要客套稱讚；阿嬤是自己人，不用來這套啦！」

2Y6M 海蒂的家事課

因為加拿大姑姑回國，午後在台中向上國中演講過後，便緊接著請家人回老家相聚。

一早起床，怕晚餐的準備時間不夠，就先把材料準備好，又預先做了幾道菜起來。當阿嬤坐在飯桌前挑揀花椰菜時，海蒂認真觀摩，問阿嬤：「阿嬤，妳這樣在做什麼？」阿嬤說：「花椰菜的頭大脖子粗，皮太老了，我得把皮剝掉，再把頭髮一朵一朵分開。」

做獅子頭時，海蒂仍然跑到一旁認真觀看，阿嬤用雙手交互甩著肉丸子，讓每個丸子甩成實心後，再用四隻手指從小碗裡沾些放了醬油的太白粉汁抹在丸子上，再甩。海蒂又好奇地問：「阿嬤，妳這樣又在做什麼？」阿嬤不管她能否聽懂，告訴她就要這樣雙手甩過來、甩過去才能讓丸子不散開，最後沾醬油太白粉汁，就是給獅子頭上粉、擦胭紅。海蒂聽得霧煞煞，一頭霧水地走開了。

沒料到晚間回台北的高鐵上，海蒂說：「我來煮飯給我們三個人吃。」遊戲玩到一半，她改變主意，對著阿公說：「我們兩人來做飯給阿嬤吃吧。」她雖然把阿嬤趕出假廚房，但阿嬤注意到她開始正確分別出三人、兩人了。

接著，海蒂開始在虛擬廚房內示範做菜動作給阿公看。她兩隻手掌成十字型交疊，左右交換、上下方向旋轉互拍；阿公問她在做什麼，她很有信心地說：「我們來做獅子頭吧。」還真有模有樣。肉丸甩到一半，還作勢為獅子頭擦胭紅，好不逗趣。

2Y6M 學著煮湯圓

海蒂有強烈的求知慾與學習動機。幫她挽一邊的袖子，她凝神看著。接著，她不讓阿嬤幫她挽另一邊的袖子，而示意阿嬤抓著她以挽好袖子的手去捲起另一隻手的袖子。阿嬤讓她先再細看一遍，然後讓她用雙手幫阿嬤捲袖子試試，一兩次後就學會了。

所有的事都如此，她顛覆大人和小孩的界線，認為你可以做的她也都行。阿嬤檢查她刷好的牙，她也要檢查阿嬤的牙；阿嬤煮湯圓，她也要站椅子上丟幾顆湯圓下去鍋裡；阿嬤用拆信刀挑開一包套書中的一冊，她也要如法炮製，不達目的絕不罷休，所以，雖然才兩歲又六個半月，她學會的東西可多了。

如果依照目前的進度一直持續下去，她應該不到四歲就可以幫阿嬤用電鍋煮飯，不到六歲就可以做出一桌子菜來。她總是問，總是要求做做看，阿嬤怕有一天不小心就可以開始承包外燴，屆時，阿嬤是不是可以高坐著，光數進帳就行了？

2Y6M 對海蒂的未雨綢繆

無意中看見朋友的臉書上分享了一篇「看看德國的孩子在幼兒園學什麼？」的文章。驚訝地發現，海蒂雖然尚未進幼兒園，卻好像已經開始學習到其中的八九分。

德國的幼兒園教育有兩個重點：一是事實與環境教育，促成兒童成為環境保護主人翁的前提條件。譬如垃圾分類，海蒂跟阿嬤在院子裡撿拾落葉時，阿嬤總給海蒂一個籃子，讓她盛裝落葉，教她分別落葉跟垃圾的不同，落葉是可以變成肥料的。阿嬤還加碼示範林黛玉「葬花」活動，學習林黛玉的感性，將花兒收集在籃內，然後在園內找塊土地，一起挖洞來埋花，海蒂神情肅穆跟花兒說：「你們不要哭，請在裡面休息吧。」

有關環保行動，海蒂最有待加強的部分是：不要過度使用衛生紙。

二是實際生活與家庭教育。海蒂打小有主見，她的爸媽也給予充分的尊重。出門前，自己搭配衣服、穿衣穿鞋，雖然常耗掉太多時間，卻都耐心等待。海蒂生性嚴謹，等閒不肯放過，尤其不能忍受阿嬤的皮包拉鍊沒拉完整，必定要仔細幫忙拉整齊。阿嬤整理房子時，會熱心幫忙包床包、整被子。她的口頭禪是：「我來！我來！」

她熟悉各種玩具，醫生組、廚房遊戲組、買菜組，日日邀大人一起練習，所以對醫療程序相當熟悉，但真正到醫院打針時，仍不免嚎啕大哭。不過，昨日高速路上，她為吃過糖果後忘記刷牙懊惱，不停叨念：希望趕快回家刷牙，並給咪咪檢查。阿嬤帶她去郵局寄掛號信，讓她從遞件、付錢、取收據全權負責；到超市買菜，也是由她付帳、找錢、取發票，一個環節都沒少；每次回來阿公家，阿公阿嬤除了吃三餐外，至少還得吃她虛擬的幾十頓飯，天天賊飽。

她嚴守交通規則，阿嬤開車時若超速（車子會發出警告嗶聲），她必厲聲督導「阿嬤開太快，危險，會撞到」。

各式家庭儀器，如咖啡機、打奶泡機、果汁機，海蒂都在大人監督下實際參與使用，全家人總給她機會模擬學習。尤其阿公量血壓時，一定讓她負責開關及操作。

沒卡榫的小抽屜如何拉開而不會跌落地上，她在犯錯後得到正確指導，如今已掌握要訣；照相是她的拿手絕活兒，曾拍下阿嬤跟姑姑敷面膜的可笑模樣，也把老家的花花草草都攝下。前天，在百貨公司童裝部前看到猴子和斑馬立著，她還主動當導演，指揮阿嬤跟加拿大姑姑站到動物前方，做出勝利的V字手勢，幫忙大人照了張相片留念。

冬至將屆，海蒂跟著阿嬤去市場買了小湯圓，她搬張凳子，在阿嬤身邊將小湯圓小心放入鍋中；阿嬤在餐桌上摘菜，她也搶著一起剝花椰菜的皮；阿嬤煮咖啡時，她幫忙打奶泡，並將奶泡小心翼翼倒入咖啡中……她興致勃勃參與大人的生活，學習各項所需的技能，了解自己生活在什麼樣的社會。

最近她迷上唱一首〈拔蘿蔔〉的兒歌，在家裡跟阿公阿嬤假裝拔了好幾天，阿嬤已經承諾她，找機會帶她去田裡看蘿蔔跟土地的關係並親身體驗拔真蘿蔔的滋味。

幾個月前，阿嬤獲贈幾張世界踢踏舞表演的門票，由海蒂的媽媽帶她去觀賞，媽麻在表演中場偷偷打卡喊救命，說海蒂不耐煩至極，積極求去，這次觀賞活動實驗宣告失敗。但是，海蒂會自己編歌曲，像機智歌王張帝一樣瞎唱，節奏與曲詞密切連結，她還很有想像力，常常說出詩意的話語，用字遣詞很精準，譬如昨夜她心急回台北找媽媽，阿嬤說：「妳該不會到台北以後又吵著住阿嬤家吧？」海蒂回說：「應該不會吧！」阿嬤覺得這句話完全掌握了現實狀況，「應該」兩字說出絕大的可能，「吧」字卻又沒把話說死，她已學會大人的狡獪用語。

海蒂可以精確辨識油罐車、怪手、貨運車、救護車、消防車、計程車、公車……也實際搭乘過各種交通工具：高鐵、火車、私家車、計程車、公車、腳踏車、摩托車等。昨晚，上台中的74號環快，海蒂問：「阿嬤，這是什麼地方？」阿嬤介紹說：「這是高架橋。」她納悶地問：「這是橋嗎？這好像那個……那個……車子走得很快的路啊？旁邊有那個……那個……阿嬤，妳看，那個。」原來她看到了高速路上的護欄。我說：「妳是說『高速公路』？」她點頭如搗蒜。阿嬤輸了，它叫「快速道路」跟高速公路較接近，頂多只能說是「高架道路」，的確不是「高架橋」。

阿嬤把海蒂兩歲又六個半月時學到的本事稍做整理，感覺她好像不必去上德國的幼兒園了，教育不必比輸贏，若硬要比，海蒂也未必輸。

其實，阿嬤私心以為海蒂最需要學習的是跟同儕的互動，玩具的分享。老跟阿嬤阿公爸拔媽麻學些未來的事，看起來是未雨綢繆，但如果現下的問題都擺不平也是不行的。所以，還是好好關照家庭教育，努力督責台灣的幼兒園，去上台灣的幼兒園吧，至於德國，我看就不用去了。

2Y7M 平等待遇的爭取從刷牙開始

海蒂的倔強個性真讓人嘆為觀止。什麼事都說：「我來、我來。」再難的都說：「我自己來。」扣難扣的釦子，穿複雜的衣服，提頗重的包包，幫阿嬤煮咖啡，替姨婆拿鞋子……。時間一分一秒地過去，她慢條斯理地學習，反正她有的是時間，你們急吧。

目前最熱中的是用牙膏刷牙。搬張小凳子，爬上去，先擠牙膏在小牙刷上，再幫阿嬤也擠大人牙膏在牙刷上，然後叫阿嬤來一起刷牙。各自刷完牙後，相互檢查，再為彼此補刷。嘴巴還不停地嘮叨：「阿嬤，妳早上喝過咖啡忘記刷牙齁？一定要保持乾淨，細菌才不會來吃髒東西，知道嗎？」有一回，阿嬤先一步幫她把凳子搬過來，她還費事地搬回去，再搬過來，真是讓人傻眼。

前晚，刷完牙後，她自己不小心又吃了東西，還要阿嬤一起再刷；阿嬤婉拒，她邀阿公。阿公刷完後，幫海蒂檢查補刷了，卻沒等海蒂幫他檢查就走出浴室；海蒂強烈感受不平等待遇，隨即大哭起來，海蒂的平等待遇的爭取從刷牙開始。

2Y9M 都要更小心就好了

兒子和媳婦為了兩位小孫女，先後辭職在家育嬰已有多時，如今，靜極思動，計畫創業。好不容易選定了地點，近日正緊鑼密鼓打算開始進行後續整修裝潢及各項工作事宜。

阿公和阿嬤，一生從公，對做生意的事全無經驗可供傳承，唯一可做的，就是在他們忙碌之際替替手，幫著照看兩位可愛的孫女。台北的陽光溫煦，午後甚至有些熱度，阿公、姑姑和阿嬤，帶著兩位小孫女外出曬曬太陽，選定中正紀念堂，餵魚兼喝咖啡、吃點心。諾諾坐在娃娃車上，一路向路人微笑招手，狀似公主出巡。

海蒂吃點心時，循前次之例，又打翻了一杯玉米濃湯，眼眶立時紅了，辯解：「阿嬤把玉米濃湯放得太靠近我這裡，我就打翻了。」阿嬤說：「打翻玉米濃湯沒關係，但不只是阿嬤放濃湯的位置太靠近的問題，也是妳不夠小心的緣故，這沒什麼好哭的，下次我們都要更小心就好了。」

於是，嬤孫兩人約定過一陣子，再過來喝玉米濃湯，阿嬤發誓不再將玉米濃湯放得太靠近海蒂；海蒂也信誓旦旦，屆時會格外小心，應該不會再打翻。

3Y1M 海蒂今晚的裁決

小孫女的爸媽短暫出國取經去了，海蒂和諾諾分居阿嬤和外婆家。

海蒂感覺瞬間長大，據外婆說，諾諾也乖巧可愛，照舊吃喝睡。兩個妞兒看來並不受父母離開的影響。

海蒂在四月初開始上托兒所，跟她爹小時候一樣，很快適應新生活。

爸媽出國前一晚，將她託給阿公阿嬤和小姑姑，她照常站到門口，跟爸媽說再見，沒啥特別的情緒，只有兩次問阿公阿嬤：「爸拔、媽麻為什麼要出國？」阿公阿嬤據實以告：「爸拔媽麻要做生意，想出國去參觀考察。」她露出一臉狐疑，阿嬤用簡單的話總結：「就是去學習做生意，賺錢給妳們買玩具。」最後這句話她馬上聽懂，也頗振奮地表示願意共襄盛舉說：「所以，我和諾諾要乖乖的。」

早上，她乖乖起身，穿衣服、吃早餐、背上背包、穿上鞋子，完全不假他人之手，只除了讓阿嬤幫她夾上髮夾、綁上辮子。若你沒徵求同意幫她扣上釦子，她還不嫌麻煩地解開重新再扣。跟阿嬤在門口吻別，由阿公帶出門去搭公車，據阿公說她神清氣爽，莊重地行走，回家也由阿公接回，進門沒忘記親親阿嬤。

昨晚阿公頗有感觸，跟阿嬤說：「我真是幸福，有兩個可愛的小孫女可以愛。我父親像我這般年紀時，還沒有孫子可以疼；好不容易等到我們的孩子出世，父母和我們又分居北、中，而老人家的身體狀況也不好了，不像我們可以經常跟孫女摟摟抱抱，享受含飴弄孫之樂。」

可不是麼！阿公阿嬤確實感受到無比的幸福，就算只是牽著她們的小手去上學或是讓她們握著阿公阿嬤的手指，在屋裡抱著轉圈圈，都是人生的至幸。

今日黃昏，阿嬤跟著阿公去接孫女。去得稍早，兩人在托兒所門外靜靜等候。時間到了，家長都來了，小朋友像蝴蝶般翩躚飛到玄關。許多家長忙著衝過去整頓他們孩子的儀容。阿公阿嬤遠遠看著穿著紅衣的海蒂跟阿公阿嬤微微笑著，很穩重地自己背上背包，踮著腳尖設法取下掛在稍高處的衣架，把扣好釦子的外套攤在桌上，先一粒一粒解開釦子，從衣架上剝離，再小心摺好捲起。接著，取下櫃上的鞋子，將兩腳先後穿進鞋裡，扭啊扭地扭進去。然後，趨近阿公阿嬤，將外套放進阿嬤的包包內。轉身跟兩位老師分別說再見！再牽起阿嬤和阿公的手，阿公阿嬤靜靜地等著、看著。是如此獨立的孩子，優雅安靜，惹人憐愛。

可惜的是，回家玩開後，她又恢復林黛玉的小性子，生氣嘟嘴。阿嬤也生氣了，說：「這樣嘟著嘴真難看，乾脆將厚厚的嘴唇切成薄片放碟子裡（都是張愛玲《金鎖記》害的），阿嬤最喜歡吃了。」

海蒂愣了一下，說不要。阿嬤開玩笑說：「妳的嘴唇太小，吃起來不過癮，誰的比較厚啊？」她推薦阿公的。阿嬤說：「那好！等出門的阿公回來，我們就來切。」海蒂倒不忍心了，說：「不要啦，切了嘴唇，阿公就不能吃飯了。」

阿嬤問：「沒了嘴唇，除了不能吃飯之外，還不能做什麼？」她倒聰明，說：「也不能跟海蒂講話，也不能親諾諾。」

於是，海蒂最後做了裁決，要叮嚀阿公不要生氣，也不可以嘟嘴，可她忘了督責自己。

3Y5M 懷著恐懼生活

傍晚，講完屏東地區的三場義講後，直奔左營高鐵站。在等車的當兒，看到胡淑雯在臉書上Po出〈記葉永鋕〉，一時悲從中來，不自禁淚如雨下，雖然事發那時，已經悲憤莫名，隔一段時日再看，依然無可遏抑的傷心。

有如此不懂事的霸凌行為的小孩，有這樣的學校教育，真是讓人心寒。葉永鋕之死，是教育界的恥辱，是全民的傷痛。是一股怎樣奇怪偏頗的頑強意志，讓這些孩子堅持去脫人家的褲子，讓葉永鋕從小懷著恐懼生活，甚至最終走投無路？

讓他死去的，哪裡是廁所前的未乾水漬，分明是惡質的人性。回到家，打開手機，畫面依然停留在這篇文章上。阿嬤不自禁又看了一遍，這一次連同底下留言連結的葉媽媽影片都看了，阿嬤還是淚流不止。

海蒂中途湊過來擠著看影片，影片結束，她抬起頭來要發問，忽然看見阿嬤的眼淚，嚇了一跳，問：「阿嬤！妳為什麼哭了。」阿嬤原本認為她太小，未必懂得，但隨後一想，覺得人格教育得從小開始，就試著用最簡單的語言敘述。

「永鋕是男孩，長得漂亮，像女生。小朋友們惡作劇，想知道他有沒有小雞雞，常常在他上廁所時，強迫脫他的褲子看看。永鋕很害怕，不敢在該尿尿的時候去廁所，常常在下課後搶先跑過去。有一天，跑過去時，不小心踩到地上一灘沒乾的水，滑倒了，就受傷死了。阿嬤看了，好傷心，所以就哭了。」

聽到這裡，海蒂很慶幸地說：「我媽媽沒有死去。」阿嬤說：「妳媽媽沒有死去真好，但是小哥哥死去很可憐。妳看看，他媽媽多傷心。」海蒂說：「我在學校都有去尿尿。」阿嬤說：「妳可以去尿尿真的很棒，小哥哥不敢去尿尿真的很可憐。妳知道他為什麼死了？」海蒂露出疑惑的眼神：「跌倒死的嗎？」阿嬤說：「如果能隨時想去尿尿就去尿尿，他就可以慢慢走去廁所，就不會死了。那是因為小朋友壞壞，搶著脫他褲子，害他必須找沒人去廁所時趕緊過去，才會滑倒。」

阿嬤開始長篇大論，告訴她：「每個人都有不同的長相，漂亮或醜醜的，像男生或像女生，瞎了眼睛或缺了腿，都不應該被譏笑、被欺負，所以，如果有人欺負妳，妳一定回家要跟我們說，阿嬤會幫忙妳……」姑姑搶著繼續說：「重要的是，妳絕對不能欺負別人，也不可以譏笑別人；如果看見有人被欺負，也要幫助他們或告訴大人，不能……」還沒說完哪，海蒂跑了。阿嬤望著海蒂脫逃的背影，有點雞同鴨講的悵然，也許阿嬤得耐心等待她的智能發展，不必過度心焦。

3Y6M 開始幫忙分擔家事

晨起，阿公在院中整頓庭園，阿嬤跟姑姑帶著小孫女去菜市場坐電動車，順便逛逛周遭的環境。尚未結黃花的綠色油菜花田；一畦一畦的菜圃；豎立路旁的結實木瓜和芭樂；還有兩旁潺潺的小溪。

忘了攜帶娃娃車回台中，阿嬤只好以菜籃取代，讓諾諾坐在裡頭，像籠中的俘虜一樣，拉著上街示眾。諾諾倒也乖巧，叫她坐，她便坐，讓她起來走，她就乖乖跟著走，毫不耍賴。

午後，阿嬤開始用好神拖拖地，海蒂剛從跌倒的大哭後止啼。阿嬤問：「阿嬤好辛苦，海蒂想幫忙嗎？」海蒂飛快響應：「要我幫忙拖地嗎？」阿嬤說：「地，阿嬤來拖，阿嬤需要妳幫忙擦桌子，客廳的矮桌妳來，高桌請小姑姑幫忙。」

阿嬤細心教她擦桌的方法，要按照順序，先擦一邊，循序漸進不要遺漏，再轉過來擦另一邊。阿嬤先示範，海蒂很快便上手，阿嬤看她很細心，口頭嘉勉一番，海蒂大樂。

海蒂擦得來勁，要求幫忙擦拭高高的飯桌。阿嬤答應後，她拿了乾淨的抹布；不只爬上椅子，還上到桌上，埋頭苦幹。阿嬤看得有趣，拿起相機拍她。她問：「阿嬤，妳幹麼照相？」阿嬤說：「這是我金孫女第一次認真幫忙做家事，阿嬤要照起來留念。」她笑了。

阿嬤順勢問她：「如果阿嬤把妳辛苦工作的照片Po到臉書，讓我的朋友都知道我有多幸運，妳說可以嗎？」海蒂已有個人意志，會思考，阿嬤開始進行民主實踐的第一步，徵詢她的個人意願。海蒂思考了一會兒，再度確定是給阿嬤的朋友看，才靦腆地應允。

阿嬤為何遲至今日才開始徵詢海蒂，是因為昨日拍了照片後，在電腦上看。海蒂問：「為什麼諾諾的照片那麼多，我的照片少少的。」阿嬤說：「妳不是不喜歡給阿嬤照相？阿嬤尊重妳的意見啊！」海蒂辯稱：「我是不喜歡給陌生人看，不是不喜歡給阿嬤照。」「哦！那阿嬤知道了，阿嬤以後Po照片會徵求妳的同意，妳願意，阿嬤才Po。」阿嬤立刻從善如流。

今天，阿嬤開始履踐諾言。只是，臉友都是阿嬤的朋友，沒錯吧？

3Y7M 愛的教育失敗

阿公去接下課的海蒂，天寒地凍的，阿公的腳步匆驟，他跟小孫女解釋：「我們得快一點走，阿嬤一個人在家又要做飯、又要照顧諾諾，很辛苦的。」海蒂說：「沒關係，我們回去以後，我就可以幫忙照顧妹妹。」阿公聽了好感動。

海蒂接著聯想：「婆婆也很辛苦，婆婆要上班賣衣服還要照顧我們。」阿公更感動了。海蒂擴大感恩範圍：「幸好有婆婆三溫暖店的姨嬤幫忙照顧我們，婆婆才不會那麼辛苦。那個姨嬤叫瓊甕姨嬤。」天啊，真是個知道感恩的小孩。

回到阿嬤家，打開大門，阿嬤示意坐在沙發上的諾諾：「姊姊回來了，趕快過去抱抱姊姊、親親姊姊。」諾諾依照往例，迅速跳下沙發，飛奔過去，兩人親熱地擁抱親臉，阿公阿嬤相視，超感動的。

半個鐘頭過去，相親相愛的兩姊妹開始質變，「我的，我的，這是我的。」「妳什麼東西都不讓我玩，我不喜歡妳了。」之聲不絕於耳；兩人開始翻臉，一個哭一個嘔氣，阿嬤忙著調停，相親相愛破功。

一會兒，不知談到什麼，阿嬤告訴她：「明天阿嬤要去火車站前的廣場，參加『無家者人權音樂會的尾牙活動』。妳爸拔媽麻還會送給他們一百份麻油雞，阿嬤很高興爸拔媽麻這樣做。」阿嬤開始跟海蒂和諾諾大談「彼此關懷」的意義，無家者的漂泊流浪，要她們要效法爸爸媽麻的愛心。……阿嬤跟姑姑明天會去照顧麻油雞攤位，幫街友分裝麻油雞，所以，……。

說到這裡，海蒂警覺地問：「那我們怎麼辦？」「妳們就還是在家裡，阿公會照顧妳們啊。」

海蒂露出感動的眼神，阿嬤以為她也深受感動，正欣幸間，海蒂很開心地問：「那我們可以一起去那裡溜滑梯嗎？」

輯四

再是繁華——孩童的困惑與失落

海蒂的困惑

小孫女已年過三歲，和外界的人、事、物的接觸越發頻繁，眼界漸寬。她睜著好奇的雙眼，往內探尋；踮著腳尖，向外張望。小小年紀，看來看去，生出一肚子疑惑。

2Y1M 此「癢」非彼「癢」

前晚八點自高雄演講回來，兩位小孫女已在家中等著，雖然喉嚨經過一午的嘶吼，狀況不佳，但看到可愛的小孫女，感覺疲憊盡消，孫女真具療癒功效。

穿著黑色小恤衫和優雅小蓬裙的海蒂一嘴油亮且酒氣沖天（大啖阿公做的麻油雞）地從廚房奔出，一個星期不見，又多了幾分嫵媚婀娜。阿嬤不敢怠慢，張開雙臂迎接飛撲的姊姊。

經過一下午勉力嘶吼著演講的阿嬤，音階降為曾祖母級。海蒂疑惑地看著，阿嬤說：「阿嬤喉嚨癢癢，不舒服。」海蒂即刻拐過去貼心地打開醫藥箱，取出裡頭的止癢面速力達母給阿嬤，說：「抹抹」。此癢非彼癢，阿嬤一時語塞，不知如何解說蚊子叮跟喉嚨癢的差別。

2Y2M 阿嬤好奇怪！

前天，兩位小孫女在阿嬤家玩，忽然，在嘻笑過後，阿嬤聽到姊姊海蒂清脆動人的聲音：「阿嬤，我愛妳！」那樣的黃昏，阿嬤五臟六腑都為之震動。海蒂一句發自內心、毫無預警的示愛，幾乎讓阿嬤老淚縱橫。

妹妹諾諾不知情，趴在沙發上東張西望，阿嬤為她捕捉了幾張照片，感覺跟她爸爸小時候有幾分神似。於是，阿嬤找出昔時的老照片比對，發現諾諾果然跟小時候的爸爸長得挺像的。

海蒂也湊熱鬧地過來一起看，姑姑指著其中一張阿嬤三十歲左右的照片問：「這是誰？」海蒂毫不遲疑地回說：「阿嬤！」阿嬤很得意，以為自己保養得宜，變化不大。

正高興間，海蒂隨後補了一句：「阿嬤好奇怪！」阿嬤追問：「怎樣奇怪？」海蒂歪著頭回說：「不知道欸。」

啊！歲月的滄桑果真是稚齡的孩子無法識解的奧祕，一句「不知道欸」裡盡是造化的殘酷與神奇，人類無法追緝的青春。

2Y3M 妳幹什麼摀住我的嘴巴？

阿嬤上個月的專欄文章，因故拖欠太久，沒料到稿子寄去馬上刊出，編輯火速來信催討下篇：「上篇只是延遲，並非缺席，這個月該繳的稿子還是得如時繳交。」

阿嬤走投無路，避不接電話。晚上，阿公沒看清楚來電顯示誤接。正跟海蒂周旋著的阿嬤大驚，急忙提筆在小紙片上用文字指導阿公回話：「已睡覺，身體不舒服。」阿公不擅說謊，說得結結巴巴，阿嬤一心下指導棋，顧不得理會小孫女；小孫女急著跟阿嬤玩醫生組遊戲，拉著阿嬤的衣角，又急又快大喊：「阿嬤！阿嬤！……阿嬤！」阿嬤急急摀住她的嘴巴。小孫女不知緣故，睜著無辜的眼，拉開阿嬤的手，又喊：「阿嬤！阿嬤妳在幹什麼？」

這一鬧，編輯想已洞悉其中玄虛，卻含蓄沒加道破，只笑著請師丈轉達。師丈滿頭汗放下電話，阿嬤「實」驚一場；只有小孫女萬分不服，忿然繼續抗議：「阿嬤！妳為什麼摀住我的嘴巴！」

這下子換阿嬤結結巴巴，不知如何解說了。

2Y4M 從希臘回來的姑姑

前些日子，從加拿大回來一位表姑，海蒂非常開心。她不但熱心跟海蒂玩遊戲，還送給海蒂和妹妹各一件有著小楓葉袖章的T恤。海蒂念茲在茲，從此這位姑姑正名曰「加拿大姑姑」。

在這期間，家裡的小姑姑去希臘旅遊了十一天，海蒂天天巴念著「姑姑去希臘」，因此，祖孫開始戲稱小姑姑為「希臘姑姑」。

晚餐桌上，海蒂看到從希臘倦遊回來的「希臘姑姑」，相當開心。忘了正說著什麼話題，繞啊繞的，「希臘姑姑」問海蒂：「還記得姑姑叫什麼名字嗎？」海蒂轉頭看阿嬤，阿嬤用無聲的嘴型偷偷作弊：「含文」；海蒂的嘴型也無聲地模仿：「含文？」表情裡透露出些許的狐疑。

小姑姑再度追問：「大聲說呀！姑姑叫什麼名字？」海蒂又側過臉來看阿嬤，阿嬤用唇語又示範了一次。

這次海蒂清晰地反問：「她還是『含文』嗎？」舉座大笑，從希臘回來的小姑姑受過地中海風的吹襲過後，似乎真的已經改頭換面，難不成真如海蒂所說，已經不是原來的姑姑了嗎？

2Y4M 我為什麼要哭哭呢？

小海蒂不喜歡阿嬤躲進書房，對著電腦打字。她會不時跑進來對著阿嬤撒嬌：「阿嬤不要做功課，到客廳來跟我玩吧！」口氣像在哄小孩。有一天乾脆膩到阿嬤身邊來，直接稱呼：「電腦阿嬤！」其後，海蒂來了，阿嬤都盡量設法收拾了電腦。

既然不能老當電腦阿嬤，總得跟孫女玩點小遊戲。各式裝扮遊戲是小海蒂的新歡，阿公被迫躺在沙發上讓孫女洗了無數次的頭髮；阿嬤用假道具煮了一頓又一頓的飯菜，還權充了半個下午的病人。海蒂拿著附加小手電筒的原子筆，在阿嬤的嘴裡上上下下左左右右照來照去，權威地診斷：「阿嬤！妳的嘴巴裡有病菌，蛀了幾顆牙，妳要認真刷牙。」

海蒂玩得興起，擺明要留宿阿公阿嬤家。阿嬤請她去跟爸媽說再見，她不搭理；媽媽到書房來跟她說再見，她也裝作若無其事；最後，禁不住三催四請，才踱到門口跟妹妹說再見！

一家三口下樓去後沒多久，海蒂忽然眉毛轉紅，嚎啕大哭起來，說：「我要跟媽媽回去！」這是怎樣？並沒有任何人強迫她，阿嬤是經過再三確認，見她意志堅定，才讓她留下的，怎麼還不到半暝，就「呷西瓜反症」。

阿嬤抱著她哄，給她兩個選擇：「第一是乖乖留下，等明天太陽公公上班後，我們吃過早餐，一起去中正紀念堂餵魚；要不然就是一直哭下去，哭到阿嬤跟海蒂的腸子都一齊斷了、鄰居全被吵醒，氣得罵人為止。」

海蒂忽然停止了哭泣，眼淚猶然掛在兩頰卻破涕為笑說：「我怕什麼呢！我有阿公、阿嬤陪著睡，隔壁房間還有姑姑，我為什麼要哭哭呢？」「我們有梳子可以梳娃娃的頭髮，又可以去中正紀念堂餵魚，我為什麼要哭哭呢！……」還沒說完，眼淚又不聽話地大量流下，害得阿嬤心碎地差點兒連夜將她遣送回家。

2Y4M 開始與生老病死直面相對

哭哭啼啼之際，小海蒂算準了阿嬤心腸軟，憐惜她，這時若提出怎樣的需求都會被採納，於是暗示阿嬤：「媽媽都帶我去麥當勞吃炸雞塊、薯條和薏仁漿。」阿嬤雖然強烈懷疑麥當勞會賣薏仁漿，但也一如海蒂所算計的、很沒創意地附和她：「明天我們也帶妳去麥當勞。」

清早即起，海蒂睜開眼睛的第一句話就昭告天下：「今天要去中正紀念堂餵魚。」餵魚時，只要手上的魚食快撒光了，海蒂就會對著大池裡的魚不停高喊：「不要哭哭，姊姊這裡還有食物哪，不要哭、也不用害怕。」眾生平等，她像安慰自己一樣地安慰池中的魚。

她發現池裡有大魚、也有小魚，她一邊將魚食用力拋到遠方，卻也沒忘記群聚近處的小魚，刻意將部分飼料輕輕倒到靠邊的地方餵小魚。正當要離開池邊時，忽然飛來一隻白鷺鷥停駐在塘中的水泥地上，左顧右盼的，時而蹲下身子作勢欲飛。海蒂注意到了，目不轉睛地注視。白鷺鷥忽然展翅躍起，低飛至水面上，迅疾用嘴叼出一條小魚，然後又轉飛回原地，小魚就在白鷺鷥尖銳的齒喙間一寸一寸被嚼進嘴裡。

阿嬤見狀，急急拉著海蒂轉身走上弧狀拱橋；海蒂目睹弱肉強食的慘劇，心有餘悸地朝阿公說：「白鷺鷥好可怕！牠把小魚吃掉了。」阿嬤訕訕然強作解人：「鷺鷥的食物就是小魚，就像魚兒的食物就是剛剛我們撒下水裡的飼料……」然後，阿嬤幾近喃喃自語地說：「也就像我們等一會兒的食物就是麥當勞的雞肉。」阿嬤不知道海蒂聽懂了沒有。

幸而，轉過拱橋，海蒂的注意力就轉到老榕樹垂下的長長鬍鬚上，她害怕地避過地上的落葉和藤蔓，抬頭望著，用手撫觸從樹上垂下的藤蔓，問：「榕樹為什麼會有鬍鬚？」阿嬤說：「爸拔、阿公不是也有鬍鬚？老榕樹只是太老了，忘記刮鬍子。」海蒂若有所思，看著地面上的落葉和逐漸腐朽的藤蔓引申阿嬤的鬍鬚論：「地上的東西只是榕樹阿公掉到地上的鬍子，一點也不可怕。」然後，勇敢地踩踏過去。

今日，海蒂走著走著，開始與生老病死直面相對。

2Y4M 如果掉進馬桶，阿嬤就沒有孫女了

家裡庭院內，一早來了位嘉賓——一隻黑冠麻鷺，在院內逗留到午後還不走，動作緩慢，在草皮上窺伺，看來正在覓食。

早餐時，阿嬤為麻鷺烤了片吐司，看來並不稱牠意；阿公回來後，特地為牠掘了些蚯蚓，也沒看到牠趨前進食。大夥兒正討論著黑冠麻鷺該吃什麼，海蒂忽然說：「小鳥要吃魚！」想必是在中正紀念堂看到鷺鷥吃魚的畫面的聯想吧。

阿嬤帶她去上廁所時，因為海蒂的屁股太小，差點滑入馬桶中。海蒂嚇了一跳，起身穿褲子時，跟阿嬤說：「差一點掉進馬桶裡，海蒂如果掉進馬桶，阿嬤就沒有孫女了，好可憐。」言下之意，她沒掉下馬桶去，是阿嬤走運了。

阿嬤跟她開玩笑，說：「阿嬤就沒有孫女了嗎？除了海蒂，阿嬤還有沒有其他孫女？」海蒂才想起：「還有妹妹。」阿嬤怕她以為有了妹妹，所以阿嬤就不怕她掉進馬桶，立刻跟她輸誠：「不過，妳跟妹妹都是阿嬤的心肝寶貝，不管誰掉進去，阿嬤都會很傷心哦！」海蒂半信

半疑問：「是真的嗎？」

2Y5M 難道會是海蒂？

姈婆Line來一張網路上的廣告照片，乍看以為是小海蒂。阿嬷大吃一驚，覺得相似度達98％，親友們都說「好像」。愛畫畫的阿公力排眾議，說：「很像沒錯，但一看就知道不是。」問他何處不同，他也說不上來。

今日，拿給本尊辨識。阿嬷問：「請問這是誰？」海蒂看了幾眼說：「不知道。」阿嬷再追問：「再仔細看看，這是誰？」小海蒂偏著頭看了許久，皺著眉，露出疑惑的表情，說：「是海蒂嗎？」

這傢伙真精啊，連阿嬷都被騙過的照片，看起來並沒有逃過小海蒂的法眼，她的表情加上回話，意思明顯是否定句：「難道會是海蒂？」

2Y7M 相親相愛

帶著海蒂返鄉，昨晚睡前，海蒂照例開始想念媽媽，正要開始哭泣，阿嬷情詞懇切問她：「海蒂不就是阿嬷的心肝寶貝嗎？為什麼跟阿嬷一起睡要哭哭？」她回說：「阿嬷的心肝寶貝還有諾諾。」阿嬤企圖轉移注意力續問：「是夠！除了海蒂跟諾諾，還有誰是阿嬤的心肝寶貝？」海蒂依次說出爸拔、媽媽、姑姑跟阿公，最後補充：「還有樓下的姨婆。」

阿嬤問：「姨婆是阿嬤的什麼人？妳知道嗎？」海蒂很聰明，她說：「姨婆是阿嬤的姊姊，就像海蒂是諾諾的姊姊，姊姊要照顧妹妹諾諾……」說著，忽然停下來納悶地看著阿嬤。阿嬤知道她發現姨婆是姊姊，卻由妹妹阿嬤來照顧。阿嬤告訴她：「有時候姊姊照顧妹妹，有時候妹妹照顧姊姊，大家相親相愛，以後諾諾長大了，也會照顧妳。」

今早，姨婆因為昨晚嘔吐，睡得不安穩，九點多又睡下。阿嬤帶著海蒂走去超市買牛奶，一路上，持續昨晚的話題，阿嬤提醒海蒂心肝寶貝群不止這些，還有外婆、外公和舅舅，海蒂吐舌笑說：「我忘記了，真糟糕。」

2Y10M 看見了生命裡的矛盾

黃昏，海蒂放學回家，總迫不及待取出在學校製作的勞作分贈阿公阿嬤姑姑和妹妹。

昨日，妹妹獲得最多的禮物，一串手環和一枚戒指。先前以為戒指是送給阿嬤的，誰知海蒂說：「這是送給諾諾的，阿嬤的禮物不是這個。」然後，翻出一張方形白紙上畫的紅色三角形，叮嚀阿嬤：「這才是送妳的，妳要好好保管喲。」

阿嬤的書桌下，全是她送的大大小小的圖案，阿嬤簡直開始難以招架！阿嬤忽然想起一事。前晚，她忽然鄭重地告訴阿嬤：「下次妳到我們家，我要把妳送我的那張櫻花還給妳。」阿嬤問她為什麼，她說：「我現在覺得它不漂亮了，不想再保管了。」原來，不管大人跟小孩，對「好好保管」這件事都感到困擾，年深月久，負擔太重了。

前天早上，海蒂的一位女老師，突然戴上眼鏡。海蒂一早進校門，愣了一下，不管老師如何逗弄，就是不肯跟老師打招呼，放學回家前，也是一樣不肯跟她說再見。昨晚，阿公想起，問她為什麼？小傢伙居然老里老氣回說：「那天我心情不好。」答案叫人噴飯。進一步問為何心情不好，她說：「我不喜歡戴眼鏡的人。」阿公問：「那阿公也戴眼鏡，妳也不喜歡阿公嗎？」海蒂無言。

這讓阿嬤想起海蒂還沒滿周歲時，超愛阿嬤的，但只要阿嬤將頭髮挽起或用橡皮筋綁起來，她就嚇得躲開，如果將頭髮當場放下，又靠近過來；再當面挽起，又瞬間驚慌躲開。語塞的海蒂說不出為什麼愛著戴眼鏡的阿公卻不喜歡戴眼鏡的老師，阿嬤心裡明白，她害怕陡然的「改變」。

不喜歡久久的「好好保管」，也害怕陡然的「改變」，從孩童身上，我們看見了生命裡的矛盾，大人不也常常如此麼！

1Y10M 爭寵的徵兆

敏感的海蒂，已逐漸意識到「專寵」的態勢似乎危機重重，她的爸拔媽麻很努力地設法讓她的危機意識減到最低，阿公阿嬤也是。

午後，去看正坐月子中的媳婦。和新生的孫女諾諾打過招呼後沒多久，姊姊海蒂就從午睡中醒來。看到阿公、阿嬤和小姑姑，好開心，忙著拿阿公刻意帶去給她的聖女小番茄四處餵人，除了猶然休息中的媽麻外，阿公、阿嬤、小姑姑、爸拔……還有她自己，一個不少，一輪一輪地服務。阿嬤為了消解她困居斗室的無聊，建議帶她去師大的操場走走。她興奮地穿上小鞋，在背包中放進兩輛小玩具車，便歡快地出門。

一向出去玩都開開心心的海蒂，卻在傍晚的歸途中，表現出焦慮的情緒，一直拿著小姑姑的手機喊：「打電話，咪咪。」而且在姑姑抱她上樓回家時，迫不及待跟阿嬤阿公說再見！與先前讓她跟阿嬤說再見，常露出依依不捨的神情大不同，是否是海蒂爭寵的症候群之一呢？她的妹妹諾諾出生才六天哪。

2Y5M 誰受得了什麼「分享」哇！

許久沒見，感覺諾諾又長大不少，加上戴著頂可愛的小帽，阿嬤拿出相機不停拍照，阿公也繞著諾諾。諾諾急著長大，顧不得自己還不太會爬，就慌慌張張練習站立，她們的爸媽也忙著應付四處亂竄的諾諾。也許感覺受到被忽略，在餐廳的小椅上，海蒂嘴含湯匙被阿公糾正時，便嘔氣地低頭不言不語，大人咸認是藉機發飆。阿嬤不動聲色，先吃完飯，帶著還在嘔氣中的她出門透透氣。嬤孫兩人在外頭玩遊戲，跑跑跳跳，海蒂又開心起來了。

這位姊姊，隨著年齡的增長，開始會吃醋嫉妒，而且會使用甜蜜的離間測試阿嬤對她的愛。阿嬤不敢大意，隨時關照她的情緒。後來在櫥窗外的窗台上玩煮飯遊戲時，趁著鍋內的食物正假裝烹煮的空檔，問她知不知道阿公為什麼要阻止她把湯匙放嘴裡？她說：「怕受傷。」阿嬤問：「既然阿公怕妳受傷才叫妳別把湯匙放嘴裡玩，妳為什麼要生他的氣？」她始則默然不語，繼則轉移話題說：「菜菜熟了吧？」阿嬤知窮寇莫追，只趁機跟她提議：「阿公剛才很傷心妳不理他，妳要不要請他吃一口妳剛煮熟的菜，然後跟他說對不起？」

幫她搭了台階，要下來依然不容易。端了假裝是煮熟食物的幾片落葉回餐廳時，海蒂還是扭扭捏捏了一會兒，才對著阿公說：「阿公，對不起！請你吃一點菜菜吧。」

饒是這般，走在回家路上的海蒂依然耿耿於懷。牽著阿嬤的手走在後方，注意到爸爸一手搭在媽媽肩上，一手幫忙推著諾諾的娃娃車走在前方，她仰起頭跟阿嬤說：「爸拔媽麻跟諾諾抱在一起捏。」

阿嬤心裡一驚！趕緊提醒一向很留意海蒂情緒的爸拔媽麻：「海蒂說你們三個人抱在一起咧！」兩個大人像被抓包似的，瞬間分開讓海蒂看真相：「諾諾睡娃娃車裡，爸拔媽麻沒有抱她。」然後，兩人很有默契地跑過來抓住海蒂，打了個手轎讓她坐上，海蒂笑得花枝招展，坐在爸媽的手上像個出巡的小公主；阿嬤趕緊接過諾諾的娃娃車往前推，阿公湊過來說：「人家原先可是獨一無二的專寵，誰受得了什麼『分享』！」

2Y5M 逐漸燃燒的妒火

隨著年齡的增長，海蒂和諾諾的互動逐漸產生變化。

那日，阿嬤在書房中寫文章，海蒂忽然憤怒地從客廳衝進來，像神經質的大人一樣用力大踏步，轉過來、轉過去，邊暴走邊嚷嚷：「我最討厭諾諾！最討厭她了！氣死我。」

阿嬤聞言大驚，問為什麼。海蒂生氣地回說：「每次都這樣，我做什麼，她就一直靠過來、靠過來！」沒料到海蒂可以如此直白、清晰且毫無遮掩地表達她的情緒。

「妹妹向妳靠過來，是因為喜歡妳，妳為什麼要生氣？」阿嬤試圖開解。「就是不喜歡她這樣！」她露出苦惱的表情，卻說不出更進一步的感受。阿嬤揣測，可能是在客廳玩玩具時，被妹妹干擾了。

諾諾已到了會開始伸手抓東西玩的階段，拿了東西便往嘴裡塞，阿嬤發現好幾次抱著她，她總會設法從阿嬤手上掙脫，往沙發另一邊的姊姊那裡爬過去，應該是想跟姊姊一起玩。

一起玩當然從玩具的共享開始。只要諾諾拿了什麼玩具，海蒂便去搶回來，說：「這是我的玩具，妳不要拿。」爸拔媽麻總很有耐性地說：「那麼，請妳挑一樣玩具給妹妹玩吧！」她有時便去挑一樣最小、最不起眼的玩具給妹妹，有時乾脆諾諾抓到什麼她便搶什麼！小器得不得了！

後來，爸拔有點沉不住氣了，跟她坦言：「對不起，玩具不是妳一個人的，玩具是爸拔買的，是買給諾諾跟妳一起玩的，妹妹也可以玩。」海蒂明顯不服氣，卻也只能訕訕然走開。

阿嬤發現海蒂開始感受到「分享」的痛苦與掙扎，雖然大人隨時都在注意她的心理調適，但畢竟由獨寵到跟妹妹分享是一門艱難的課題，儘管爸拔媽麻或其他大人的一言一行都很小心警覺，海蒂還是得經歷諸多痛苦與掙扎，花些功夫慢慢自行學習適應。

3Y4M **充滿了失落**

阿嬤送海蒂全家下樓，跟諾諾說再見後，回頭跟海蒂道別，她面露不豫之色，故意跟一旁的姑姑殷勤吻別，不理阿嬤，阿嬤碰了一鼻子灰。

次日再來，嬤孫兩人玩得開心時，阿嬤問：「昨晚阿嬤不是跟妳玩大野狼玩得很高興，為什麼回去時，不肯跟阿嬤說再見？」她露出茫然的表情說：「不知道。」阿嬤說：「那麼，我們來做選擇題，阿嬤說四個理由妳來選：一是妳想繼續玩，不想離開；二是阿嬤先跟諾諾講話、說再見，後來才跟妳說再見，妳不開心；三是太愛阿嬤，捨不得離開阿嬤；第四討厭阿嬤，不想跟阿嬤說再見。」

海蒂專注地聽著，她回說：「阿嬤先跟諾諾講話、說再見，都沒有跟海蒂說話。」

這小傢伙坦承吃醋了。回想當時抱著諾諾下樓、上車，在跟她們說再見前，的確抱著妹妹又親又多說了幾句話；回頭跟她說再見時，她的臉確實充滿了失落。這點阿嬤固然需要檢討，但還不到三歲半的孩子這樣計較不是太多心了？

海蒂的眼淚

2Y6M 驚天一哭

阿公阿嬤帶海蒂南下台中老家住了三日之後，在夜間驅車返回台北。剛上車時，她還叨念著先前玩得好開心的遊戲；沒多久，莫名地陷入沉默，阿嬤猜測是感覺繁華散盡的惆悵。

過了關西之後，她開口了。先是擔心阿公阿嬤找不到回她家的路；接著，開始做娃娃語：「咪咪！……咪咪！咿咿嗯嗯……呀呀呀。」阿嬤問她：「怎麼變回小嬰兒了？」她不理，嗲聲嗲氣繼續說著自己才明白的外星語。車行過龍潭，她忽然哭了。阿嬤驚問為什麼？她說：「我要找咪咪，要找爸拔。」越說越傷心。阿嬤安慰她：「阿公現在不就是開車帶著妳回台北找咪咪、爸拔跟妹妹嗎？妳幹麼哭呢？」她止不住地哭，阿嬤拿出預購的巧克力棒，她短暫歇了會兒。吃完手中的巧克力棒，想是不好意思再哭，勉強壓抑著說：「我想咪咪。」聲音抖抖的。坐在安全椅上的她，眼裡盈溢著淚光。阿嬤感同身受，經過了三整天，她的思念已經漫天，再也難以遏抑。

安靜了一會兒，海蒂忽然說：「我覺得他們兩人很可憐。」阿嬤問：「妳說的兩人是指誰啊？」「咪咪跟爸拔。」「他們為什麼可憐？」海蒂很認真且清晰地回答：「我很想他們，他們一定也很想我；我哭了，他們一定也跟我一樣哭了呀！……」說完，忍不住又大聲哭出來。

這驚天一哭，感天動地，真讓阿公阿嬤心疼不已。阿公加快了行車速度，阿嬤拉著她的小手，誓言：「等會兒下了高速公路，阿嬤讓妳打電話給爸拔跟咪咪，請他們出來接妳好嗎？」她乖巧地回說：「好。」

接下來，隔個幾分鐘就問：「下高速公路了嗎？」隔個幾分鐘又問：「可以打電話了嗎？」打電話時卻害羞了，只說：「我們到師大路了，請來接我吧。」見到爸拔時，雖然高興，卻保持淡定，看起來爸拔似乎比較激動。

3Y4M 我的眼淚都流下來了

海蒂的爸爸媽媽為著餐廳即將開業，一連十天將兩個小孫女交付阿公、阿嬤全權照料。天真憨厚的小孫女諾諾，渾然無感，成天撲進阿公、阿嬤的懷裡喊：「愛你、愛你。」多愁善感的姊姊海蒂則不停地在開心扮演「白雪公主」、「大野狼與小紅帽」遊戲過後，忽然眼眶泛紅地跑過來問阿嬤：「到底我什麼時候才可以看見我媽媽？」阿嬤不能騙人，只能以「快了」虛應。

一日晨起，阿公憂心告訴阿嬤：「昨晚我陪海蒂入睡，她一再確認：『今天是禮拜幾？是不是星期天我媽媽就會來接我？』『是不是今天睡醒了以後就是星期天了。』聽得我好心酸。」

因為過度思念，海蒂總是在睡前廝纏爛打，一下子挑剔這、一下子挑剔那，無理取鬧要求正哄妹妹睡覺的阿公陪睡。阿嬤說：「妳先由阿嬤陪，現在阿公在陪妹妹，等會兒妹妹睡了，再請阿公過來陪妳。」海蒂不依，她機靈地反駁：「妹妹還沒睡著，阿公就會先睡著了。」阿嬤說：「等阿公睡著後，我再把阿公抱過來陪妳。」「妳抱得動他嗎？」她提出合理的懷疑。阿嬤立刻展開海闊天空的幻想力：「妳不知道阿嬤有魔法嗎？我會先將阿公縮成巴掌大小，捧過來放在妳旁邊的枕頭上，再用魔法吹氣，他就會變回原來的阿公。」海蒂不信，讓阿嬤當場表演，阿嬤說：「不行，魔法被人看見就會失靈，明天早上起床，妳就會看見阿公在妳的身邊了。」

海蒂對阿嬤的法術半信半疑，她提出另一個想法：「阿嬤有辦法把我變成大人嗎？」阿嬤說當然行，「不信？妳今晚試試。」她趕緊上床睡了。次日醒來，阿公果然早在床邊等著。她問：「阿嬤昨天有把我變成大人嗎？」阿嬤說：「當然有，妳不記得了嗎？妳還穿了高跟鞋，戴太陽眼鏡，長得跟阿嬤一樣高，像公主一樣哪。」她側著頭，納悶地說：「我都不記得了。」

媽媽來接她回去的前一晚，阿嬤與海蒂共眠，興奮地轉告明日她媽麻即將接她回去的消息。海蒂告訴阿嬤：「阿嬤，妳知道嗎？海蒂的眼淚都高興得要掉下來了。」阿嬤回說：「阿嬤也好替海蒂開心哪。」嬤孫兩人嘰嘰喳喳聊著，阿嬤告訴海蒂，不只爸爸、媽媽愛她，阿公、阿嬤也是一樣，連小姑姑都是：「前一陣子有好幾天阿公陪阿嬤去花蓮、台東演講沒回家，妳爸爸媽媽忙不過來，拜託姑姑照顧妳。上了整天班的姑姑，黃昏還得辛苦地去學校接妳放學，打起精神幫妳做飯、陪妳玩遊戲，她真的好愛妳，妳記得嗎？」黑暗中，海蒂專注地聽著，眼睛裡水光漾漾，說：「阿嬤，我的眼淚都流下來了啦，不然，妳摸摸看。」夜深了，海蒂、阿嬤終於陸續入夢。

夢中，阿嬤變回三歲孩童，在黯淡的黃昏裡，惶惶站在無人的街道四下張望，哀哀尋找業已逝去九年的母親，臉上都是淚。

3Y7M 人生再是繁華

小孫女海蒂從出生起，就備受呵護與關愛。她的媽媽在懷孕晚期，離開職場，爸爸也在妹妹出生前辭職回家專心育女，她又是阿公阿嬤跟外公外婆的第一個金孫女，所以，可以說是在兩家親人圍繞下長大，擁有最多的愛。

從一歲十個月起，妹妹諾諾加入了，她的生活全盤變色。大夥兒開始跟她曉以大義，強調分享的重要。但為什麼平白多了個妹妹？為什麼一向屬於她的專寵必須跟別人分享，小小年紀的她，自然是無法理解的。

三歲以後，情況更加嚴重。妹妹諾諾開始咿咿啊啊學會討大人歡心，和個性較為孤僻的海蒂相較，競爭更具優勢。雖然大人們百般力求公平，海蒂總深覺被掠奪的痛苦。妹妹開始能充分表達後，她見妹妹嘴甜腰軟，也企圖看齊，在妹妹「蛇」到阿公懷裡撒嬌時，她也跟進，怯怯趨前依偎。在那之前，她絕不親近阿公。阿公笑說：「果然有競爭就有進步。」

海蒂天生敏感多情，幾近潔癖。為了阿嬤分心諾諾，常常嘔氣不跟阿嬤說話，或刻意親近阿公、姑姑，擺明給阿嬤顏色看。阿嬤件件看在眼裡、疼在心上，可人生不得求全也是自然，雖然盡力照應她的需求，卻也不能讓諾諾委屈太甚。有時忍不住跟她說理，說了半日，也覺殘忍，才多大的孩子，她需要理解多少人間的現實或不得已？

妹妹參與競爭就算了，為了育兒而雙雙辭去工作的爸媽，開始重回職場。原本兩個大人專心伺候兩個孩子，如今分身乏術，只好由外婆外公跟阿公阿嬤分頭幫忙照應。先前像連體一樣親情，接著被送進幼兒園，再來媽媽沒空接她下課，就在短短幾個月間，人生像溜滑梯，一路由頂峰傾瀉直下。

諾諾尚且不曉人事，沒特殊感受；已稍識人事的海蒂卻如洗三溫暖，從獨享眾愛，到分享共處的四人行，被迫在幾個月間逐漸分道揚鑣。

據媽媽說，送上學時，海蒂會無來由在校門口嚎啕大哭，不讓媽媽離開；偶爾也會在阿嬤去接她時，忿色相對，沉默不語。她的父母自然有所感應，刻意找時間陪伴，但還是無法滿足孩子的現實需求。以前給得太多，越發襯托出如今的匱乏。

前些天，姑姑陪著兩個娃兒在客廳扮家家酒，玩許願吹蠟燭遊戲。海蒂依往例像大人般說：「第一個願望是大家都平平安安，第二個願望是我們都快快長大。第三個願望……」她停了半晌，哽咽說：「第三個願望希望爸爸媽媽趕快回家。」

阿嬤隔牆聽見，問她：「什麼叫趕快回家？」她回答：「趕快回家照顧我們。」阿嬤聞言痛斷肝腸。周邊的人再是疼她、人生再是繁華，也難敵父母的一句溫言軟語，一個深深的擁抱。

3Y7M 眼睛裡一片汪洋

前一陣子，媳婦、兒子回來，跟阿嬤提起，說前晚海蒂從阿嬤家回去時，一整個High翻了天。她爸拔說：「看到她的忘形，我們第一次知道一個人是可以這樣的快樂。」

然後，她的父母據此推論，可能是拼圖成功，可能是被稱讚好乖，也可能是妹妹在婆婆家，沒有競爭、嫉妒的緣故。其實，她爸說的這些事，並非昨日所獨有。一向孤傲的小海蒂之所以如此歡愉，另有她父母所不知道的原因。

實際的狀況是，那晚，海蒂在姑姑的協助下，挑戰一幅八十片的拼圖成功後，阿嬤稱讚她聰明，有感而發：「妳知道妳剛生下來時，有多小嗎？」阿嬤把兩個手掌平舉，箍出一個橢圓形：「就這麼小，比一隻小老鼠大一些。阿嬤抱起妳時，簡直不知道拿妳怎麼辦，興奮得眼淚都差點掉下來了，沒想到妳爸媽養著、養著，把妳養成這麼大、這麼聰明。」

海蒂仰著頭看阿嬤，眼睛裡發光，問：「真的嗎？我都不記得了。」阿嬤說：「妳都不記得了？那真的好可惜。當時，阿公抱著妳，興奮得臉都發亮。阿嬤在臉書上Po出妳的照片，臉友們一個讚、兩個讚、三個讚的……紛紛從電腦上傳過來，都稱讚妳好可愛捏。」阿嬤還做出劈里啪啦按讚的聲音，模擬出一派歡欣鼓舞的情境。

海蒂的眼眶竟然發紅，眼睛裡一片汪洋。她問：「我小時候可愛嗎？我都不記得了。」阿嬤說：「這樣不行，妳的記憶力太差了，阿嬤永遠都記得妳當時的臉，超級無敵的古錐，真是人見人愛，跟現在一樣。」

阿嬤口說無憑，帶她到書房，打開電腦資料匣裡「小龍女」的專檔，一張張昔時的照片出現，海蒂驚呼連連。她驚訝地問：「阿嬤的臉友都叫我小龍女，這照片真的是我嗎？」

因為照片太多了，看了一些後，她就決定不看了。資料匣關閉後，阿嬤很鄭重地看著海蒂的眼睛，跟她說：「妳是阿公阿嬤的第一個孫女，妳要記住，自從我們有了妳以後，感覺變成世界上最幸福的人。妳不要常常跟妹妹爭寵，生氣阿嬤偏心或哭哭……。」話沒說完，她就從阿嬤的膝上溜下，跑了。

接著，就發現她一整晚開心得不得了，跑過來奔過去的，沒有再流一滴淚。

海蒂的憂心

2Y6M 阿公會把火車開走

今晚來了兩位海蒂的阿伯，一位送阿公阿嬤和海蒂到高鐵搭車，一位喜歡惡作劇。惡作劇阿伯吃完飯後無聊，逗著海蒂，光睜大眼睛做鬼臉，海蒂就被嚇得止不住流了一臉的眼淚。客人走了，阿嬤問她：「剛剛妳為什麼哭哭呢？」海蒂低著頭回說：「那個阿伯的臉部表情好奇怪！」阿嬤大吃一驚，這哪會是一個兩歲半的孩童說得出來的語言，阿公阿嬤都笑翻了。

當阿公阿嬤帶海蒂上了高鐵車廂，放下行李，阿嬤唯恐沒包尿布的海蒂尿濕褲子，帶著她去車內的親子廁所。她忽然在廁所裡大哭喊著「我不要！我不要！」仔細詢問後，海蒂流著眼淚說：「我們趕快出去吧！不然，阿公會把火車開走了。」

3Y1M 認定跟真正的阿公阿嬤走就行了

阿嬤的大嫂、二姊、四姊、姪兒兩名和外子、女兒、海蒂和阿嬤，共計九人齊聚一堂。大夥兒的嗓門都不小，嚇得海蒂花容失色。她的兩位伯父極愛海蒂，因為太急切示愛，需較長暖機時間才能自然應對的海蒂一臉驚恐。

因為在台中綠園道誠品有一場《教授別急——廖玉蕙幽默散文選》的新書發表會，阿公和阿嬤匆匆吃過晚餐後，留下一屋子的客人等著團購的粽子送來。海蒂雖還有小姑姑陪著，但一聽說阿公阿嬤要出門，顧不得吃飯，開口就要哭了。

阿嬤捨不得，乾脆拎著她一起去誠品。一路上聊天，阿嬤跟她說等一會兒回家就會有粽子吃，海蒂很認真地回說：「阿嬤！粽子不能吃的，粽子種下去會開花，也可以長成大樹，我們不能吃它的。」因為她將「種」字念成第四聲，初始阿嬤沒聽懂，還跟她更正：「可以吃呀，等妳看到以後就知道了。」她不服，舉出證據：「巧虎有教我們，阿嬤妳也不能吃。」等阿公阿嬤弄清楚是「種耔」後，阿公笑著說：「海蒂的學問都是從巧虎學校裡學來的。」海蒂又更正：「阿公，你說錯了，巧虎不是學校。」

從演講回來的路上，海蒂跟阿嬤說：「阿嬤，我剛剛有聽到妳在演講的聲音哦。」原來跟著阿公去吃冰淇淋的她，回到誠品三樓，演講正接近尾聲，她隔牆聽到阿嬤的聲音。阿嬤竟然不敢問她「妳覺得阿嬤的演講如何？」雖然，演講時，來了滿多人，不少人站著聽，都笑得前俯後仰，但好怕小孫女的一字褒貶，會影響阿嬤的信心。

進了家門後，海蒂一眼瞧見原本人聲鼎沸的飯廳陷入黑暗中，寂寂無人，竟然跟小姑姑說：「幸好都沒人了，我好害怕。」但隔了一會兒，她又不滿地說了：「我們剛才上街前，四姨婆不是跟我說她會在這裡等我回來，她為什麼不守信用？」阿嬤說：「妳剛才不是很高興他們走了，現在還怪他們不守信用。」也許太小了，她一時不知如何回答。

阿嬤問她：「妳是希望姨婆、妗婆等妳回來，但是希望大伯二伯趕快走掉嗎？」她回說：「阿伯一直要帶我去吃冰淇淋，好可怕。」阿嬤說：「他問妳喜不喜歡吃冰淇淋，是妳自己說喜歡的。」海蒂說：「我喜歡吃冰淇淋，但要跟阿公阿嬤去吃，不想跟他去呀。」

她常跟阿公阿嬤玩陌生人在公園搭訕她，想請吃冰淇淋的遊戲，她總忍不住跟著陌生人走，讓擔任陌生人角色的阿公阿嬤好擔心，如今總算放下心來。因為不管阿公阿嬤演什麼角色，阿公阿嬤就是阿公阿嬤，喜歡吃冰淇淋的她認定跟真正的阿公阿嬤走就行了，別人可不行。

3Y2M 阿嬤開始讓她擔心了

海蒂不停地問：「你們喝過咖啡了嗎？」「阿公喝過了嗎？」「姑姑喝過了嗎？」阿嬤知道她一心想幫忙煮咖啡，便承諾她：「我們三個人在妳來之前都喝過了。但是下午睡過午覺後，可以再喝一杯，那時候再拜託妳幫忙囉！」

一會兒，她又來廝纏著：「你們現在總要喝咖啡了吧？」大人拗不過她，乾脆就範，說：「那就拜託了。」

她使用膠囊式咖啡機。從開機到放杯子，按「大杯」鍵，一貫作業，很快煮出兩杯來。阿公取出餅乾來佐咖啡；海蒂也倒了杯開水，三人一起圍坐，一邊吃餅乾一邊舉杯。阿嬤說：「跟阿公、海蒂一起吃下午茶真開心。」海蒂笑了。

阿嬤忘了海蒂已經升格當姊姊，老是叫她「妹妹」。海蒂對這件事很在意，每叫錯一次，她都要糾正一次：「阿嬤！我是姊姊，不是妹妹。」今早，她糾正了兩次後，憂心地跟阿嬤說：「阿嬤，妳糟糕了，妳快要變成小兔子毛奇妮的奶奶了，以後妳會不會忘記我？」

《奶奶的記憶森林》（親子天下）裡，小孫女發現奶奶的記憶漸失，非常憂心。是一本孩童生命教育的書，當時阿嬤告訴她：「『奶奶』就是阿嬤，阿嬤如果有一天忘記妳，妳可別忘記阿嬤哦！」今天，阿嬤開始讓她擔心了，真糟糕。

—輯五—

閱讀驚豔——尋寶與發現

1Y10M 可以開始尋寶了

黃昏匆匆返家，笑開臉的海蒂已在門首鵠候。幾天不見，海蒂又學會了許多本事，也很樂意學習，她熟稔廚房用具，青菜水果名稱也知道許多。但跟她的爸拔小時候一樣，偶爾會將詞句說反，譬如：「發沙」（沙發）。

她喜歡在故事書裡尋找她孰悉且喜歡的東西，譬如：風中飄動的氣球、地上滾動的皮球、麵包、披薩、各項水果，今天學了新單詞「芭ㄌㄚˋ」，每講一次，自己開心地笑，全家人也都跟著笑。阿公今天在白板上教她畫魚，她畫不成，卻要阿公畫了又畫，訓練阿公的耐心。

次早，阿嬤到中崙圖書館演講，出門前，有些擔心阿公能否勝任單獨照顧海蒂的重責大任；中午回來時，海蒂坐在沙發上蒙被格格笑著等阿嬤抓她，一點適應不良的狀況也沒有，讓阿嬤又欣慰又惆悵。

最近，海蒂熱中看一本《一起來尋寶》（親子天下）的圖畫書，尤其對其中的各色冰淇淋百看不厭。會問：「口味？」阿嬤說：「葡萄口味。」她就假裝從書上舀一瓢紫色的冰淇淋放到阿嬤的嘴裡；如果回說「抹茶口味。」她就舀綠色的；「天空口味。」取藍色的；「橘子口味。」就拿橘紅的……，每天阿嬤至少被餵三十多個冰淇淋，全身冷冰冰的。

對於按圖索驥去尋找大畫面中的小圖，準確率也百分百；讓全家人驚呼連連，視之為不世出的天才。

諾諾已移駕回宮，海蒂今晚也跟著回去。經過四天日夜相處，海蒂跟阿公、阿嬤、小姑，姑已培養出革命情感；想到她即將回去，阿嬤心裡真捨不得，趕緊加強思想教育：「想阿嬤的時候，要跟爸拔說什麼？」「要找阿嬤！」反覆練習的結果，這樣的對話已成為海蒂的反射動作，對答如流。

2Y3M 培養同理心的故事

入睡前，海蒂自己挑選了繪本書《小龍的放學時間》（親子天下）到臥房，她老里老氣說：「我們來看這本書吧。」

《小龍的放學時間》的故事是：放學後，小朋友紛紛由爸媽或爺爺奶奶接走，剩了小雞和小龍等在校門口。小雞著急得哭了，小龍譏笑牠何必為小事哭泣。等到小雞也被媽媽接走，小龍一時之間，也慌張得大哭起來，直到父母相繼來到，這才理解小雞的心情，後悔不該取笑小雞。

這原本是引導孩童培養同理心的故事，能簡要地提醒孩童將心比心。但故事書的閱讀，須適時適地，才能發揮作用。海蒂離開父母到阿嬤阿公家過夜，本來就已經有些適應不良，這本書的內容強烈勾引她的思母情懷。

沒有事先做功課的阿嬤邊念邊心裡暗呼不妙，雖然在應海蒂之請朗讀第二遍時，機警地將故事中遲到的「爸拔媽麻」替換成「阿公阿嬤」，但一切都來不及了！第二遍接近尾聲，故事裡的小龍等不到媽媽大哭時，海蒂也無預警地大哭起來說：「我要找媽媽。」

幸好情緒來得急、去得快，在阿公機警救援下，海蒂的眼淚來不及氾濫成災，就先被轉移了注意力。次日，海蒂起床，沒忘了這件事，她把書本拿到沙發上翻閱，看到小龍淚水四溢那頁，撫著書上小龍的臉，溫柔地問：「小龍！你怎麼咧？姊姊讓小熊陪你吧！」然後，將她隨身帶著的寵物——黑呼呼的小熊，塞進書頁裡，然後，小心地闔上書。

2Y7M 這小妞真是公正的評論者

海蒂捧了七本書，說：「我們上床說故事吧。」阿嬤口乾舌燥地說了一本又一本，《愛哭公主》裡動輒哭泣的公主，為了一個不該出現的黃色氣球搞砸了派對，小朋友紛紛找各種理由開溜，諸如：要回家照顧妹妹；作業還沒寫完；回家練習鋼琴……等。她接著問那些沒寫出藉口而溜之大吉的動物會說什麼？

阿嬤反問：「那如果是海蒂想開溜，會找什麼理由？」海蒂說：「我要回去看書了。」如果是爸拔呢？「睡覺時間到了，我要回去睡覺。」媽媽呢？「我要回去拖地了！」那幫阿嬤找個理由吧！「要回去上電腦做功課。」她的觀察真是入微。

接著，又看了宇文正寫的童書《愛的發條——第一次帶媽媽上街》（三民），一直照顧小揚的媽媽生病動手術，休養過後，換小揚帶著媽媽去逛街，幫媽媽看招牌，擋行人，不讓行人撞到媽媽的傷口，小揚開始照顧起媽媽。

不知怎的，談到加拿大姑姑。阿嬤問：「妳知道加拿大姑姑是誰的女兒嗎？」她說：「加拿大姑姑是妗婆的女兒嗎？她不是芝加哥姊姊的媽麻？」阿嬤說她是芝加哥姊姊的媽麻，但是，是姨婆的女兒。「姨婆生加拿大姑姑，加拿大姑姑生芝加哥姊姊。」

阿嬤不確知她聽懂這樣繞口令似的關係解說否。但她沉默了半晌，在阿嬤關燈後，忽然坐在暗夜的床上，神情怔忡地問阿嬤：「那加拿大姑姑為什麼不帶姨婆回家？」

兩歲多的孩童問出如此巨大的困惑，真是讓阿嬤無言以對。媽媽照顧了兒女，但父母年老之時，即使再有心的兒女也常無法如願回饋，這是普天下兒女的遺憾。阿嬤跟她說：「因為加拿大姑姑住的地方好遠又好冷，得坐飛機才能到。太冷的地方不適合病人住，姨婆生病了，不能去那麼遠的地方。」

今早嬤孫兩人同時起床，海蒂熱心跟阿嬤一起摺被子。阿嬤好感謝，稱讚她幫了阿嬤太多的忙。海蒂邊幫阿嬤拉被子，邊叨念：「爸拔沒有做家事。」阿嬤問那誰做家事？海蒂認真回答：「媽媽拖地。」阿嬤說：「爸拔都沒有幫忙做家事？」海蒂想了想，說：「爸拔只有幫媽媽泡ㄋㄟㄋㄟ，阿公才認真幫忙做家事。」

這小妞真是明察秋毫的觀察家及公正的評論者。

接著，阿嬤跟海蒂在花園內散步，重拾照顧的話題。阿嬤有點兒感傷，企圖跟她說得更清楚：「女兒長大了就要離開爸拔媽麻的家，另外找個地方，跟丈夫一起住，然後生小孩，……」正思量著如何說明得更清楚，海蒂開心地接話：「所以，我要吃多一點的飯，才能長高高，去學校上學。」阿嬤一聽，不禁對自己的多慮失笑，跟著附和：「對！要長高高上學去。」

3Y3M 怕黑的海蒂

前天下午，阿公阿嬤鼓起勇氣，帶著萬分企盼的海蒂驅車南下。回到老家，天色猶然光亮，海蒂跑來奔去的，好不興奮。一警覺到夜幕四垂，忽然嚎啕大哭：「廁所黑黑的！」「客廳黑黑的！」「外面黑黑的！」然後，阿公得四處點燈，讓屋子通體亮晃晃的。

自從上回她的爸拔不小心給她念了一個關於「黑」的繪本後，原本什麼都不怕的她，忽然開始嚴重怕黑起來。她的爸拔尷尬地說：「咎由自取啊！念書之前沒先做功課的結果。剛開始說故事的時候，還虛張聲勢，誇張黑暗的恐怖；念到一半發現不對勁時，已轉不了彎。本來是開解怕黑的小孩的，反倒讓她開始恐懼黑暗，大白天的也哭著指著樓上說黑黑的，我得去跟送書的朋友求償電費。」

回老家的兩天，除了怕黑之外，倒也算乖。晚上睡覺前還是會「找咪咪」，但只要許她一個光明的明早，例如允諾她可以帶著寵物玩具一起去坐電動車或陪她玩醫生組的遊戲，她立刻轉悲為喜，忍住思念，只不停地在床上翻來滾去。

3Y7M《虎姑婆》的魅力

阿嬤早些年在東吳中文系教書時，曾教過一位非常可愛的學生叫「王家珍」，她酷愛寫作，曾在課堂上坦承常投稿，卻也常遭退稿，但她屢退屢投，後來居然真的變成了一位非常傑出的童書作者。

她有一位非常厲害的妹妹王家珠，是台灣畫家在國際舞台伸展的前鋒，在亞洲兒童書插畫雙年展還得到首獎，也入選義大利波隆那國際兒童書插畫展。

姊妹倆合作，一寫文章，一畫插圖，竟出版了無數本打遍天下無敵手的童話，最近她寄來四本讓人目眩神移的生肖童話書（格林文化），故事不落俗套，畫作的筆觸充滿張力。

因為這套圖文並茂的童書，文字不少，原本以為對海蒂、諾諾而言，會艱深了些，但這兩天阿嬤開始拿著《虎姑婆》跟她們說故事，意外得到海蒂的青睞，她不但靜靜地聆聽觀看，阿嬤還發現從學校回來的她，竟然一個人安靜地坐在客廳裡看著，樣子是深深著迷的。

阿嬤說：「上回阿嬤說這本故事書給妳聽，這次要不要換妳說給阿嬤聽。」她顯得有些害羞，說她不會說，但是隨即勇敢地跟阿嬤說：「阿嬤再多說幾次給我聽，我再說給阿嬤聽。」於是，阿嬤又說了一回，吃過晚餐，她又纏著阿公也說了一本。

先前，在翻閱書籍時，海蒂意外發現書本翻開的首頁，竟然出現一張印有許多「王家珍」字樣的貼紙，海蒂龍心大悅，她把小貼紙取下幾片，貼在和諾諾同款的玩具及書本上，說：「有貼貼紙的，就是我的，沒貼的才是妹妹的。」阿嬤跟她說貼紙上的字是「王家珍」，她不以為意。

阿嬤在回謝家珍的私訊裡提到這事，開玩笑地說：「海蒂見獵心喜，拿來貼在她認為是她的書籍及玩具上，以跟諾諾的區隔。所以，她這些日子來的名字叫『王家珍』。」

家珍回信說：「那貼紙是個美麗的錯誤呀！簽書時，為了怕弄髒書頁，隨手把『手工小桌』上的貼紙放進去吸墨用，就忘了拿出來了。早上檢視小桌上另外一套同一天簽好的書，裡面也都有相同作用的紙，包含一張電話費帳單！

希望我除了貼紙之外，沒有夾進其他怪紙頭。好想跟海蒂說，貼了我名字貼紙的東西，都是我的，哪一天我會去把它們通通搬回家，猜猜她會是什麼反應？」

阿嬤拿這話嚇海蒂，她慌得丟下手上的玩具跑進書房，說：「我要趕快去撕下貼紙了。」

2Y1M 兒童的閱讀視角

海蒂一歲五個月時，阿公和阿嬤曾經帶著海蒂去參觀木柵動物園。阿嬤驚訝地發現，海蒂的眼珠子總跟阿公阿嬤看到不同的地方，同一區的鳥兒，阿嬤看樹梢上的，她看地下的，阿嬤老以為她沒看到，不停提醒她，最後定睛一看，在地上還真的有小鳥走來走去的，不只是樹梢上才有。孩童個子小，視點低，看到的風景跟大人不一樣，大人在養育孩子時，得學會蹲下身子，站成跟孩子一樣的高度，才不至於雞同鴨講，各說各話。

最近，海蒂添了新書《小寶貝與小動物唱遊繪本（兩冊＋一片有聲書CD）》，她對其中的一本《小恐龍、小黑熊一起去吹風》特感興趣。有一點像是繞口令的一本唱遊繪本，海蒂最喜歡其中的一頁，小黑熊抱住小恐龍，保護牠不被兩隻盪著樹枝過來的猴子偷襲。每次翻到這一頁，她就很激憤地奮臂攘拳說：「走開！不行來抓小恐龍。」

有好幾次，還特意按開阿嬤買給她的會閃光、會轟轟作響的吹風機，對著來勢洶洶的兩隻猴子的臉又閃光又吹風的，口裡不停地說：「吹掉猴子！不行來抓小恐龍！」一副必欲置之死地的態勢，她也想保護小恐龍。

當嬤孫兩人一起拿著書閱讀時，阿嬤的眼光總是隨著文字敘述到的角色轉，譬如主角小恐龍、小黑熊及來襲的猴子；海蒂卻會提醒阿嬤文字中沒提到卻在畫面角落出現的無關緊要的旁觀角色，譬如一隻躲在旁邊的小青蛙、天空飛著的小鳥、兩隻結伴觀看的小兔子……，讓阿嬤感到相當的驚訝，也因為這樣的提醒，使得故事平添許多旁觀視角，畫冊顯得更加豐富靈動且逸趣橫生，阿嬤得謝謝海蒂的啟發。

2Y1M 睡吧！像老虎一樣

昨晚入睡，超級順利。阿嬤婉言道德勸說外加利誘：「如果今天晚上睡覺前沒有哭，明天太陽公公上班後，阿嬤會帶著妳去買飛得高高的風箏。」

阿嬤採取說故事方式，睡前跟她一起看了一本小天下出版的繪本書《睡吧！像老虎一樣》。故事寫一位不喜歡睡覺的小女孩，在上床前跟爸爸媽媽的對話。貓兒、狗兒、蝙蝠、鯨魚、老虎……都去睡覺了，老虎睡得最久，所以長得最強壯。海蒂看完故事書，把雙手舉得高高地說：「長得好高、好強壯！老虎。」阿嬤說：「沒錯！因為牠好喜歡睡覺。」

時間到了，她欣然奔赴臥房，找了小賤兔和企鵝作陪，自我安慰：「長得高高的，好強壯。」躺上床，阿嬤將故事重複說了幾次，然後跟她保證：「明天阿嬤帶妳去買風箏，阿公拉得高高的，風箏越飛越高，阿嬤跟著跑，海蒂跟著跑，姑姑跟著跑，跑啊跑的……」海蒂睜著惺忪的眼補充：「爸拔跑跑，媽麻也跑跑……」或許時間也晚了，她打了呵欠，歪著頭睡了。

早上，一睡醒，海蒂的眼睛裡全是笑，開口第一句話：「風箏！」

2Y3M 驚豔的閱讀

海蒂選了一本《小象散步》（親子天下），故事簡單又有趣，她一下子就能倒過來說給全家人聽。陸續背上小河馬、小鱷魚和小烏龜的小象，最後，不小心掉到池塘去的時候，阿嬤以為她會開懷大笑，沒料到她認真叮嚀阿嬤：「要小心哪！」

接著，她取出阿嬤代言的「母雞奶奶晚安故事」系列中的《尿床的小金絲雀》（親子天下）。兩個月前，阿嬤和小姑姑在書房裡，笑場不斷地為繪本試錄有聲書，接著讓海蒂邊看、邊試聽。海蒂馬上驚訝地指出：「阿嬤！……姑姑！」而且表現出極大的興趣！一連聽了七八次不說，晚上又要求聽了好幾回。阿嬤抱著小孫女不停聽著自己的聲音在書房裡迴盪，套句海蒂的話：「感覺很特別！」當時，海蒂還可以模仿姑姑裝出的童音，模仿繪本裡的角色跟阿嬤對話，看來記憶力和理解力都很不錯。

這回，阿嬤邊說她邊接口，天衣無縫！她居然都背起來了！真是太神奇！一字不漏咧。

2Y6M 海蒂讀臉書上的小龍女

上次回台中時，海蒂要求阿嬤跟她一起上樓睡覺：「海蒂睡覺，阿嬤在旁邊打電腦。」為了讓她安心睡覺，阿嬤只好窩在棉被裡拿著手提電腦工作。

海蒂睡不著，幾次翻身起來，看到阿嬤臉書上出現的自己的照片，問：「這是什麼？」阿嬤說：「這是阿嬤寫的小龍女的故事。妳知道誰是小龍女嗎？」「海蒂。」海蒂很快回答。「所以小龍女的故事就是妳的故事，阿嬤把小孫女的故事寫起來，以後妳就不會忘記。」海蒂大表興趣，要求阿嬤念給她聽。

回台中時，偶爾買了排骨筍乾，海蒂超青睞。所以，聯想力超強的海蒂的請求語很特別：「請阿嬤講跟『筍』乾一樣的『孫』女的故事給我聽。」

於是，阿嬤試著將較難的語彙翻成白話的語言，海蒂聽了超開心，因為寫的是她的故事，所以有時還會打斷阿嬤的念誦，補充情節；多半時候，她會不厭其煩地要求一聽再聽。有時講到一半，她還會主動接續下去。

對自己的故事充滿興味的海蒂，看起來超自戀的。不過也讓阿嬤相當驚訝她的早熟，會不會有一天她忽然要求：「電腦阿嬤，我的故事讓我自己來寫吧！」

2Y10M 閱讀的發現

回到台中的海蒂，耍盡各種心機，要阿嬤陪她看故事書：「阿嬤！我們一起睡。妳先陪我看兩本書，看完就睡覺。」阿嬤心裡歡喜，趕緊讓她挑兩本書上床。

一本是《愛哭公主》（親子天下），一本是《弟弟呢？——第一次失去好朋友》（三民）。有些書，她總是百看不厭，譬如這本《愛哭公主》，每次看，她都會問出不同的問題。譬如，愛哭公主自己搞得髒兮兮後，洗了五盆水才變乾淨，畫面上五盆水的顏色由深咖啡色逐漸顏色變淡，直到最後一盆充滿了白色泡泡，她曾指著那盆白泡泡水問：「為什麼洗乾淨了還有這麼多肥皂泡泡？這是第一盆嗎？還是最後一盆？」阿嬤幾乎無言以對。

前晚的問題是，愛哭公主在生日派對上哭了，小朋友一個個找藉口溜了。有的說作業沒寫完；有的說肚子痛；有的說要回去照顧妹妹。一隻小刺蝟說：「我有事先走了。」海蒂提出新的疑問：「牠有什麼『事』呢？」這問題好犀利，因為所有的小朋友的回答其實都是具體的「事」，小刺蝟的回答相對之下，太過抽象，不對等。海蒂的心思太細膩，她找到作品的漏洞。

《弟弟呢？——第一次失去好朋友》是說一隻狗兒失去好朋友的故事。第一頁的圖片畫了那隻名叫「歐趴」的狗兒被關在收容所的鐵籠子裡，流著眼淚向外望，非常孤單，文字敘述說牠好想要有一個好朋友。海蒂大動惻隱之心，立刻往畫片上的狗兒親過去，說：「你好可憐，我做你的好朋友吧！我也很寂寞，沒有朋友。」然後，用手去擦狗兒的眼淚。阿嬤照著書中的文字敘述，但海蒂表述時，自動將「孤單」翻譯成「寂寞」。

以前，她總是靜靜聽故事，現在她常在中間提出疑問或敘述她的體會，阿嬤覺得這是她成長的痕跡。最近，她甚至要求阿嬤扶著她的手指，一個字一個字地指著念，阿嬤感覺她開始想認識那些字，但阿嬤不想那麼早教她，自然學習就好。

1Y10M 四月天三人組樂團誕生

阿公取出博浪鼓、蟬鳴玩具及打擊樂器，在阿嬤的指揮下，三人樂團居然倉促成軍，姑且名之為「四月天三人樂團」。

「四月天」，以海蒂居首，阿嬤阿公陪伴，三人相當有默契，說開始就開始，說停就停，三種樂器在午後演奏了大半天。

接著，爸拔媽麻出門看電影去；海蒂意猶未盡，睜著晶亮的雙眼四處瞧。阿嬤跟姑姑決定帶小傢伙出門溜滑梯外加吃冰淇淋。小孫女不饒過阿公，硬生生站到床前，嬌聲喊：「阿公陪。」阿公樂得從夢中醒轉作陪。

永康公園裡，大人小孩不少，稚齡兒童多半由阿公阿嬤帶著。海蒂從高高的滑梯上頭往下溜，一點也不怯場，不停喊：「還要！」她對吊單槓尤其神往，阿公抱著她，讓她手掛單槓上，她竟然好幾度往上挺身躍上，將來也許真能成為奧運選手（真是阿嬤無邊無際的玄想）。直到運動結束，冰淇淋也吃了，才攀在阿嬤的肩膀上瞇眼睡去！但阿嬤實在虛弱，只撐了幾百公尺，隨即由阿公接手。

抱著海蒂的阿公，露出一臉的驕傲，一點不言累，走在台北的街頭，還真是帥氣十足。

2Y1M 世界從此如歌也如詩

海蒂和阿公阿嬤姑姑一起去寧波西街外食。散步回家時，阿公阿嬤牽著海蒂的小手沿著人行道走。海蒂興致高昂，一路唱歌。唱到〈火車快飛〉這首歌時，阿嬤主動將「爸媽看了真歡喜！」的「爸媽」兩字改為「阿嬤」！海蒂不依，糾正阿嬤：「不是『阿嬤』是『爸媽』！」阿嬤說：「還不是一樣！」海蒂堅持「是『爸媽』！不是『阿嬤』！」好啦，不過是歌詞，幹麼那麼當真！阿嬤在心裡嘀咕。

唱「1234567，你的耳朵在哪裡？在這裡，在這裡，我的耳朵在這裡。」這首歌時，不但已經知道將後一句的主詞由「你」改成「我」，甚至將整個問答裡的主詞都改成「阿嬤」；而且會將「耳朵」，替換成各式各樣的東西，諸如「屁股」、「小手」、「眼睛」、「嘴巴」、「香蕉」……看到什麼便替換成什麼，非常機靈。

阿嬤說：「換念詩吧！春眠……」海蒂接得自然，只是「處處聞啼鳥」一句慣常重複一次。接著，居然自己開心地背起：「床前明月光，疑似地上霜，舉頭望明月，低頭思故鄉。」讓其他三人驚豔不已。她已經開始進入人生中的第二首詩了！希望她的世界從此如歌也如詩。

2Y8M 輪到阿嬤出場

海蒂熱中和阿嬤玩「出場表演」遊戲。先由一人躲進暗室，然後由在外頭的那人高喊：「**請出場！」如果出場的是海蒂，海蒂出場後，就要高舉雙手說：「我是蔡海蒂，請大家多多指教。」然後，阿嬤問：「請問海蒂小姐今天要表演什麼？」海蒂說：「蝴蝶。」

海蒂初始玩這遊戲時，稱呼阿嬤：「請廖玉蕙小姐出場。」接著換成：「請廖玉蕙阿嬤出場。」現在則是：「請海蒂的阿嬤出場。」這些微妙的出場頭銜的轉變頗耐人尋味。

前天去新社「桃李河畔」吃午餐後，在餐廳內，她又忘情地表演這套「出場」把戲，高唱：「1234567，海蒂的屁股在哪裡？在這裡、在這裡，海蒂的屁股在這裡。」唱到「在這裡、在這裡」時還背過身子，狂扭屁股，引得遊客哄堂大笑。

昨晚，吃晚餐時，媽媽跟爸爸出門未歸，她還邊吃飯邊表演，並將歌詞改為：「1234567，媽媽的屁股在哪裡？在路上、在路上，媽媽的屁股在路上。」

阿嬤為加快她吃飯的速度，跟她說：「我先餵妳吃一口，妳再去出場吧。」她很順當地回說：「那我先餵阿嬤吃一口，阿嬤妳去出場吧！」然後，把她的飯端起來追著阿嬤要餵阿嬤吃一口，這叫「眾生平等」嗎？

2Y 學當醫生

海蒂熱中各項玩具組：醫生組，八八九九組（商店購物刷條碼結帳），廚房烹調組；近日增加娃娃對鏡梳妝並點夜燈睡覺組……她喜歡當病人不喜歡當醫生，喜歡當刷條碼的店員，也喜歡當買東西的顧客。當病人時會問：「阿嬤醫生，我的病情嚴重嗎？發燒嗎？幾度？肚子裡有病菌嗎？」知道打針在醫院內進行，喝水吃藥要回家去。阿嬤當醫生好辛苦，常常被要求跟著病患邊唱歌邊回家，還要伺候病人吃藥喝水，她會自言自語：「吃藥後，要多休息。」

她帶了全套醫生組玩具回台中，加上姑姑提供的小電子手電筒，阿嬤至少被要求當病人當了五十次以上，姑姑次之，也約莫有四十次。

「阿嬤生病了嗎？」「好像。」「我來看看，啊……！」海蒂示範張口，然後她一手把手電筒打開照進阿嬤嘴裡，一手拿壓舌棒胡亂壓舌。接著戴上聽診器，在阿嬤的胸前腹部按來按去，診斷出：「阿嬤生病了，有病菌。」接著取出耳溫槍放進阿嬤的耳朵，取出，假裝看溫度。阿嬤著急地問：「幾度？」她立刻說：「三十七度，發燒，要吃藥打針。」阿嬤幾次申辯三十七度沒有發燒後，她改口三十八度。既然發燒了，必須接受治療。「先打針。」針筒扎入手肘彎處，然後拿健保卡過卡，結帳取藥，步驟井然。阿嬤則因被多次診療，累得差點真的成為病人。

接著，阿嬤反過來當醫生，海蒂的溫度變成四十度，阿嬤看診完畢，海蒂還會禮貌地說：「謝謝醫生。」真是有禮貌的病人。她說：「是巧虎教的，要有禮貌。」

詭異的是，她當醫生看了阿嬤、姑姑、媽媽，都興致盎然；當阿公想來求診時，她卻婉拒。她推著阿嬤前去為阿公診療，無論阿公怎樣哀求都沒用，連打針也不肯。阿公因此十分悃悵。姑姑私下偷偷跟阿嬤說：「怪怪的，有點讓人擔心，會不會是不喜歡男生啊？……」阿嬤說她杞人憂天，就算是，也沒啥好擔心的。

醫生玩具組遊戲是她目前的最愛，百玩不厭。她之所以總是指派大人當醫生，自己當病人，因為發現大人一旦當了病人，就攤死在床，趁機休息，必須讓大人擔任醫生，才不至於淪於她自說自話的獨腳戲。所以，常常指定阿嬤當醫生。阿嬤說：「不行！阿嬤太累了，比較像病人。」海蒂無奈，只好自己當醫生；但要求病人不能省略起身從家裡走路繞一圈，到醫院敲門求醫的過程。阿嬤躺在沙發上，氣息微弱地說：「阿嬤病情嚴重，沒力氣走來醫院，請讓我直接躺著被治療吧！」海蒂嘆了一口氣說：「阿嬤妳這樣子，我『嚴重』地不喜歡。」阿嬤臉皮厚厚地回說：「病人就是這樣啊！醫生就算嚴重不喜歡還是要幫病人看病啊。」

2Y1M 洗髮與遊樂場遊戲

阿嬤帶海蒂到麗水街的文具店履行承諾——買一只風箏。海蒂看到吹風機、梳子、鏡子組合的玩具，臨時改變主意，決定放棄大大的風箏，買了一組整髮工具。只要一按開關，吹風機不但會自己唱歌而且會一閃一閃地發亮，海蒂驚喜莫名。

下午，阿嬤趕去藝術館評審文學獎，回來時，阿公據說已經被海蒂洗了不下二十幾次的頭髮，阿公躺在沙發上，海蒂先將他的頭髮打濕、倒洗髮精、倒水、搓洗頭髮、沖水、吹風機吹乾、梳頭，最後還讓阿公用鏡子照照看，然後問：「滿意嗎？」每個步驟都不馬虎。阿嬤回來後，當然也接受了好幾次的服務。

承學生宛瑱致贈「學習！未來的遊樂園」貴賓票兩張，阿嬤和阿公帶著海蒂前去體驗。幾種遊戲都在陰暗的燈光下舉行，初始，海蒂有些害怕，服務的大姊姊過來帶著她玩，過沒一會兒就玩開了。推變色的大球小球；踩過一長排會融化圖案的透光玻璃小路；在牆上拍打黑色圖案就會變出各種動植物；還有一面牆壁全是她最喜愛的魚群，還可以當場塗鴉；多元的遊戲，讓她大開眼界。

阿嬤順道為她買了件洋裝和一雙皮鞋，皮鞋店的阿姨送她一個小氣球，她緊緊握著不鬆手。回程時，阿嬤問她：「今天阿嬤買了什麼送妳呀？記得嗎？」她歡快地回答：「氣球，紫色的。」

2Y3M 追溯身世的遊戲

小姑姑心血來潮，帶著七年前買的充氣「散步粉紅豬」去忠孝東路上重新打氣。海蒂跟著去，回來時多牽了隻「散步小恐龍」。海蒂滿興奮地，自己牽著小豬，指派大人牽著小恐龍一起在客廳散步。阿嬤問：「妳為什麼不牽小恐龍？」她回答：「我怕怕，小恐龍有牙齒，會吃人。」玩具恐龍幹麼露出可怕的牙齒？

天色漸暗，海蒂看著書房外的天空問：「太陽公公下班了。」阿嬤問：「是啊，幹麼問這個？」她說：「我要找媽麻！」「找媽媽做什麼！阿嬤對妳這麼好！講故事給妳聽，跟妳玩玩具組，還有……」阿嬤看到自己手上正拿著的咖啡，信口說：「還陪妳喝咖啡。」原本手上抱著小熊玩著的她，忽然抬起頭反駁：「小朋友不能喝咖啡。」眼神是那種「妳怎會不知道！」的不可思議。阿嬤問她，晚上要不要留宿阿嬤家？她低頭為難地坦承：「我睡覺會哭哭。」

今晚的活動是演講和說故事。阿嬤、姑姑和海蒂輪流出場對著觀眾（爸拔媽麻和諾諾）自我介紹。海蒂先躲書房，阿嬤喊：「現在請海蒂出場！」海蒂牽著寵物豬走出到客廳，高舉雙手，大聲說：「大家好！我是海蒂，請多指教。」爸拔問：「海蒂是誰的女兒？」海蒂回答：「媽媽的。」爸拔又問：「那妹妹是誰的女兒？」海蒂清晰地回答：「是爸拔的。」爸拔又接著問：「那爸拔是誰的孩子？」海蒂回答：「是媽麻的。」這……這是什麼跟什麼？連諾諾都笑了。

2Y6M 陌生人拐童遊戲

海蒂熱中扮演，像導演似的給大夥兒分派角色：「阿嬤，妳當媽媽；姑姑，妳當陌生人。」開始彩排：海蒂先繞圈子走，邊唱：「走，走，走走走！一起去郊遊。」接著，指導姑姑：「姑姑，妳當陌生人，妳問我：『妹妹，妳好可愛，妳喜歡吃糖嗎？』」姑姑照做，海蒂說：「喜歡。」「那我給妳一顆糖。」海蒂撿起桌上一個別針當糖果，叫陌生人遞給她，海蒂接過，假裝吃了一口。

海蒂不聽阿嬤不能吃陌生人糖果的叮嚀，她對糖果完全沒有抵抗力，堅持吃完再拒絕跟著走。然後拉著姑姑的手說：「妳假裝要帶我去學校。」姑姑被迫站起身子，帶著她往學校去（家中的書房）。整齣戲看起來像是海蒂拐誘陌生人。

接下來的劇情，隨著一次又一次的排演，逐漸「走鐘」（偏離主題）。一開始是陌生人要帶海蒂去學校，海蒂不肯，呼救，媽媽出現救人。可能從第四次起，海蒂居然溫順地跟著陌生人走了。接著，她要陌生人打電話讓她跟媽媽說話：「我是海蒂，我在陌生人這裡，請來救我。」然後讓陌生人跟媽媽（也就是阿嬤）談判：「我要五百萬。」陌生人說，媽媽哭著帶錢去救人。

第七次，阿嬤扮演的媽媽實在太累了，不想去救人，跟陌生人說：「我沒有錢，小朋友就送給你們好了。」海蒂錯愕，忽然自己開始掙扎著，奮力衝刺，越過陌生人虛弱的阻攔，成功脫困。海蒂興奮極了，說：「成功了，我們再來一次。」這回，連陌生人都無力了，把糖果藏了，說：「陌生人沒糖果了。」

海蒂精力充沛，眼珠子一轉，跟阿公說：「阿公，我們一起來玩躲貓貓的遊戲。」然後，回身跟阿嬤說：「阿嬤！妳來抓我們。」阿嬤……阿嬤……不只是假裝死了，差點真的累死了，而扮演陌生人的姑姑早已變成一顆無法動彈的石頭了。

2Y5M 販賣冰淇淋遊戲

昨晚，承諾今早帶海蒂去遊樂中心玩賣冰淇淋遊戲。她今早一起身，第一句話是：「阿嬤趕快起床，賣冰淇淋的快要關門了。」

簡單漱洗後，爺兒仨趕緊上路，看到成排顏色鮮豔的冰淇淋排排坐，海蒂真是樂瘋了。一球一球地挖，她自己當老闆，請阿公、阿嬤輪流當客人。「請問你想要什麼口味的？」她不停地問，又挖冰淇淋又收錢找錢，收銀機喀啦喀啦地響，一副生意興隆的樣子。

海蒂居家作興玩廚房及醫生遊戲組。遊樂區裡有大批流理臺，她在其間大展身手，忙壞了阿公阿嬤，吃得肚子鼓脹。看來海蒂將來很重視賺錢，不管醫生或賣冰淇淋，最終都沒忘記收錢、找錢、開發票。

簡單吃過午餐後，祖孫三人到**Häagen-Dazs**去吃冰淇淋、喝咖啡，海蒂彷彿提早過貴婦生活。阿嬤問海蒂：「海蒂覺得幸福嗎？」海蒂邊吃著冰淇淋邊語焉不詳回答：「幸福。」阿嬤問：「妳知道什麼是幸福嗎？」海蒂睜大眼睛沒回答。阿嬤解釋說：「幸福就是覺得心裡很開心。妳開心嗎？」海蒂天真回答：「開心呀！」「妳為什麼覺得開心？」阿嬤追問。海蒂想都沒想回說：「因為玩得很開心！」

吃喝玩樂完畢，回到家已近下午三點多鐘。阿公先不支倒床，阿嬤不想隨順海蒂在電腦上看故事，疲累不堪地陪著繼續玩醫生組遊戲。

阿嬤從回到家直到四點四十四分，整整一個鐘頭都在引誘海蒂睡午覺。海蒂意志堅定體力豐沛，抵死不就範。阿嬤最後逼不得已祭出賤招：「這樣看起來，海蒂很不乖，明明都打呵欠了，還不肯上床。下次，阿嬤打算換帶諾諾去賣冰淇淋，海蒂就留在家裡吧！」

海蒂約莫猶豫兩秒鐘，隨即躺上床，結束頑固的僵持，在一秒鐘後，直接跟睡神報到。可惜，阿嬤的睡神也在那一秒鐘跑了！

3Y 阿嬤不是已經結過婚了？

海蒂跟阿嬤玩過一遍又一遍的「陌生人在公園騙小孩」的遊戲後，忽然開始說些讓人聽不懂的「外國話」。她嘟嘟囔囔嘰嘰喳喳地胡言，阿嬤也很快進入狀況地以「外國話」接招，兩人用外國話玩結婚的戲碼。

這招講外國話讓她母親有些驚訝，但爸拔、姑姑和阿嬤是心領神會的，他們自小是玩這種遊戲長大的。但海蒂居然無師自創，雖然阿嬤順利接招，但也讓阿嬤不由要讚歎遺傳基因真是無孔不入。

海蒂搖身一變為淑女，不吵不鬧，只想跟阿嬤結婚，她打電話來問：「我在家裡一直找戒指，都沒找到，怎麼辦？」阿嬤說：「當然找不到囉，阿嬤把它小心地收起來，就等著妳回來跟阿嬤結婚時用。」

她不厭其煩地和阿嬤結婚了不下十次。在牧師的指示下回答願不願意跟對方結婚，接著互戴戒指，再接著阿嬤扮演的男士，掀開海蒂的婚紗面罩，互相親吻對方的臉頰。然後在牧師「已完成儀式」的指示下，兩人十指緊扣奔向海灘吃冰淇淋。

冰淇淋應該是海蒂可以想到的最盛大的慶祝活動吧！阿嬤不停地奔向沙灘吃冰淇淋，一晚少說吃掉十盒以上的冰淇淋，直到她們打道回府，肚子裡還是感覺冷颼颼的。

可能婚禮太刺激，也可能假冰淇淋太好吃，爸拔媽痲要回去了，海蒂居然說：「我今天要住在阿嬤家。」接著退而求其次：「我要把戒指帶回去，下次回阿嬤家再帶來結婚。」小姑姑急了：「不行啦，這個假道具是姑姑的戒指手表哪。」

阿嬤許諾她：「下回回阿嬤家，阿嬤會找出兩枚戒指來，一枚給妳，一枚阿嬤戴著，我們一輩子不分開。」她才終於歡歡喜喜地接受了。可是，阿嬤這樣移情別戀對嗎？阿嬤不是已經結過婚了？

3Y1M 戒指與錫杯

海蒂熱中跟阿嬤扮演結婚的遊戲。一枚彩色的塑膠戒指讓她魂牽夢縈，老是為了戒指應該放在阿嬤家還是帶回家而心裡掙扎著。

因為只有一枚戒指，所以，她先幫阿嬤戴上；接著，阿嬤再從指上取出為她戴上，她就一手戴著寬鬆的戒指，一手拉著阿嬤的手做出奔跑的樣子，一起去海灘吃冰淇淋。最近一次，諾諾破例被允許參與吃冰淇淋慶祝，諾諾榮幸地舔嘴咂舌，非常入戲。到目前為止，海蒂好像還沒有「男女結婚時該有兩枚戒指相互交換」的概念。

這回阿嬤獲邀到馬來西亞去，有幸參觀了一家國際知名的錫器專賣店ROYAL SELANGOR，老闆娘親自下來用英文導覽，讓阿嬤一行人備感榮寵。還不止此，居然還被邀請穿上防護的工作衣，親自操作，示範人員說：「錫的溫度很高，但不用害怕，只要小心。你們想做什麼就做什麼，手環、胸飾、項鍊或戒指都行。」

阿嬤心念一轉，立即利用錫液瞬間凝固的特質，搶快做了兩枚戒指，打算下回跟海蒂扮演結婚遊戲時，用親手製作的戒指向小孫女示愛。這時，就可以告訴她交換戒指的意義了。雖然阿嬤的技術很差，戒指做得粗陋、缺乏美感，但是誠懇的心意堪稱百分百。

3Y1M 角色扮演

昨日，阿公給海蒂添了一口旅行用小行李箱，海蒂興奮地推過來推過去，並聲言次日要用新行李箱將上星期帶回清洗的小被子裝箱推去學校，「給同學們看」她高興地補充。

阿嬤在書房裡邊做功課，邊偷聽他們祖孫倆的對話。

「海蒂明天去學校，還是背原來的背包比較妥當吧！」阿公說。「為什麼？」海蒂問。

「因為妳去上學得搭公車，上上下下的，推著行李箱不方便，也會妨害別人。如果走路就比較沒關係，這樣妳知道嗎？」阿公像跟大人講道理般認真，阿嬤聽了好感動。「可是，我要去開會哪。」海蒂也像大人一樣回答。

「開會？妳要去開會？」阿公丈二金剛摸不著頭腦，只能喃喃複述。「是啊！我明天要去學校跟姑姑開會。」話一說完，人已進了書房，對著書房內的阿嬤說：「阿嬤！我要去開會了，請不要給我的孩子吃太多餅乾，要記住。」

阿嬤還沒轉過腦筋，就看她眼神認真地又說：「我現在是媽媽，我要出門去開會了，妳要好好照顧我的孩子哦。」阿嬤反應快，趕緊融入戲中，說：「我不會給她們吃巧克力的，請您放心好了。」然後，還模仿她這些天來對所有要出門的人說的台詞：「妳出去的時候，走路要小心哦。」她很流利地回說：「我知道了，妳放心吧！」然後，昂首闊步地走出書房。

這是民視或三立的哪一齣戲嗎？

輯六

愛恨怨嗔——簡單之「最」

討厭之一：睡覺

2Y4M 戰鬥力十足

海蒂的死穴是睡覺，只要回來阿嬤家，為了哄她入睡，阿嬤簡直將所有可以想到的花招都用上了，就算如此，還常常只能望「孫」興嘆。

她的精力實在太旺盛，阿嬤常常東拐西拐，就是拐不動她上床。一回，只好拿出絕活，跟她一起玩噴水遊戲。她一路追著阿嬤跑，毫不客氣地噴過來；阿嬤當然也不示弱，馬上回噴過去，她驚聲尖叫，阿嬤以為海蒂要哭泣抗議了，誰知竟是大喊：「阿公！阿公！你來看啦！我們在噴水欸！」

秋陽提早撤退，秋風微微，唯恐全身溼淋淋的海蒂感冒，十餘分鐘後，阿嬤提議結束。海蒂意猶未盡，阿嬤只好建議轉移戰場到浴室內，繼續奮戰。洗了澡的海蒂，依然戰鬥力十足。取出小美樂娃娃，要跟阿嬤玩給小朋友餵奶、梳頭的遊戲，阿嬤裝死倒臥床上，海蒂帶著小美樂滑下床，說：「我去找阿公玩。」

2Y4M 阿嬤覺得妳好自私！

昨日傍晚，跟小魔頭混了一下午，體力終於不支的阿嬤，既然無法拐誘小魔頭上床，只好跟著起身，臭著臉到前廳沙發上玩筆記型電腦。海蒂知道阿嬤生氣了，在身邊繞過來、繞過去，裝殷勤地問這、問那。阿嬤賭氣不理她，海蒂發現阿嬤玩真的，低著頭沉默不語。

阿嬤看著可憐，但又實在生氣，只好採懷柔政策：「一整天阿嬤陪妳這個、陪妳那個，好辛苦，有沒有？陪妳餵魚，陪妳噴水，陪妳照相、陪妳玩遊戲組……」說到這裡，海蒂還主動補充：「還陪海蒂看故事書。」

「哼！是嘛！阿嬤對妳這麼好。我們做人要公平，阿嬤陪妳做這麼多事，只是叫妳陪阿嬤睡一下，妳就不肯。阿嬤覺得妳好自私！」海蒂被說得不好意思，過了幾秒鐘，低聲對阿嬤說：「那我們不要上床去，海蒂可不可以躺在阿嬤旁邊的沙發上假睡陪阿嬤？」

她爬上阿嬤坐的雙人沙發上，擠在阿嬤身旁，蜷曲著身子，先前還假裝打呼，沒幾秒鐘，就真的睡著了。

2Y7M 睡覺的困難度

昨晚入睡前，阿嬤說：「等等，阿嬤先吃安眠藥。」海蒂熱心地要求：「讓我來餵妳吃安眠藥吧。」阿嬤倒了水，再剝半粒安眠藥放她掌心，請她放阿嬤嘴巴內。海蒂神情嚴肅地將小藥粒放進阿嬤嘴裡，阿嬤喝一口水吞下。海蒂問：「好吃嗎？」阿嬤說：「藥，不是糖果，多半是苦的，都不好吃。」海蒂同情地皺著眉看著阿嬤。

開燈看了一本書後，阿嬤關上燈。窗外的路燈明晃晃的，直照進屋裡。嬤孫兩人並躺著，海蒂的眼睛亮亮的，阿嬤心裡記掛著電腦上的文章還沒寫好，好希望她趕緊睡著。

海蒂忽然問阿嬤：「阿嬤，妳為什麼要吃安眠藥？」阿嬤說：「因為阿嬤睡不著，吃了安眠藥才睡得著。」海蒂嘆口氣說：「我也睡不著，要不要也吃安眠藥？」阿嬤大吃一驚，趕緊說：「小朋友不用吃安眠藥，只要閉上眼，就可以睡著；大人是閉著眼也一直都睡不著，所以才吃……」話還沒說完，就見海蒂頭一歪，睡著了。

3Y3M 每張臉都像媽媽

孫女海蒂自從添了妹妹後，越發渴慕母愛，只要住在阿公阿嬤家，一到睡覺時分，總是不安分，眼睛瞥啊瞥的，觸目都是媽麻。看書，書上的女人是她的媽麻；到廚房找牛奶喝，指著冰箱上磁條上的裸體女人，也說：「這個像媽麻。」躺沙發上，「阿嬤！那個人是不是媽麻？」阿嬤一看，是牆角的維納斯石膏像。「哪裡像？」阿嬤問。她說：「臉好像。」可憐的海蒂，想念，讓每一張臉看起來都像媽麻。

有時凌晨四點起床，一會兒喊肚子餓，一會兒喝水，一會兒要看書，大叫「姑姑」，頻呼「找媽麻、找爸拔。」搞得阿嬤滿頭大汗。「噓！鄰居會抗議，不要哭。」沒用，還是哭。「現在黑漆漆的，沒有人出去，阿嬤不敢。」不管用！繼續哭。

「天黑了，只要太陽公公出來，我們就去找媽麻。太陽公公看到妳的眼睛沒閉上，他就不敢出來；妳眼睛閉上了，太陽公公出來，我們就可以去找媽麻。」還是沒用，哭得更悲傷。

「阿嬤是爸拔的媽麻，爸拔都沒找他的媽麻；阿嬤也有媽麻，阿嬤的媽麻就是阿太。爸拔、阿嬤都沒有找媽麻，所以，海蒂不要找媽麻。」阿嬤這番幾近繞口令的勸說果然引起海蒂的好奇。但哭泣只暫停幾秒鐘，血統溯源說也沒發揮太大功用，她又恢復歇斯底里。

凌晨時分，啼聲分明，在暗夜中格外響亮。阿嬤無計可施，開始套交情：「海蒂是阿嬤的好朋友對不對？阿嬤昨天早上帶妳去吃紅豆湯，對不對？我們在雨中散步，還一起在紅磚地上撐傘跳舞，有沒有？阿嬤還帶海蒂去電信大樓看大熊，有藍的、粉紅的，有沒有？在小路上阿嬤還跟海蒂玩捉迷藏，對不對？還有，海蒂便便，阿嬤還幫海蒂洗屁股、洗澡，阿嬤還做飯給海蒂吃；跟海蒂一起看書、說故事；又跟海蒂蒙被子玩躲貓貓……阿嬤不是海蒂的好朋友嗎？好朋友就應該……」

阿嬤滔滔說著，海蒂的啼聲漸歇。偷眼一瞧，眼睛已經瞇上。阿嬤深怕海蒂一不小心又醒來，不敢大意，繼續往下說，時間點則提前到盤古開天：「阿嬤第一次看到海蒂的時候，海蒂才一點點大，阿嬤一看就愛上海蒂，決心跟海蒂做好朋友……」凌晨六點了，說著、說著，阿嬤被自己感動了，不禁流下眼淚。

3Y6M 阿嬤的身世果真堪憐？

阿嬤陪海蒂睡臥房，阿嬤說完故事後，她又故態復萌，嚎啕大哭，嘴裡喊著：「我要找媽麻！我要找媽麻！」阿嬤溫言勸說，無效；承諾明日去中正紀念堂餵魚，她短暫破涕為笑，自己又附加「吃薯條」的優惠條件。但過沒多久，又開始哭喊媽麻。

阿嬤束手無策，乾脆也加入哭泣之列，跟著哭喊：「我要找媽麻！我也要找媽麻呀！」海蒂停止哭泣，她已忘記了幾個月前阿嬤的「血統說」，詫異地回頭注視我，提出疑問：「妳也有媽麻？」「每一個人都有媽麻啊！阿嬤當然也有媽麻。」「那妳的媽麻在哪裡？」「阿嬤的媽麻在天上。」「真的嗎？妳也有媽麻？」

阿嬤一時心血來潮，想給海蒂看看阿嬤的媽麻。於是，兩人躡手躡腳潛進阿公睡覺的書房，阿嬤摸黑找到放在書桌電腦旁和母親的合照，再偷偷潛回臥房，打開床頭燈，嬤孫兩人就著光線看阿嬤的媽麻。海蒂認識照片上的人，她失望地說：「這是阿太嘛！」「是啊，阿太就是阿嬤的媽麻呀。」

「妳媽麻死去了嗎？」海蒂直指核心。阿嬤用哭腔回答：「是呀，阿嬤的媽麻已經死去了，阿嬤哭得再大聲，她也沒辦法回來了。海蒂好幸福，雖然今晚爸拔媽麻忙，沒有時間陪海蒂睡覺，但明天或後天媽麻就會來接妳回去。……阿嬤真的好可憐，已經沒有媽麻了。嗚～嗚～嗚～」阿嬤關了燈，在黑暗中假裝號哭。

海蒂眼睛裡滿滿都是同情，她哄阿嬤說：「阿嬤不要哭了，海蒂明天帶妳去中正堂餵魚，還叫阿公買薯條給妳吃。」過沒多久，海蒂睡了。阿嬤思念在天上的媽麻，忽然真的流下了眼淚。

次日，嬤孫兩人又陷入睡不睡午覺的拉鋸戰中。阿公、姑姑、諾諾都睡去了，只有海蒂頑抗，明言：「我一點都沒有想要睡覺。」阿嬤無奈，只好跟她耗著，最後乾脆抽空上電腦寫下昨晚的嬤孫對泣文。

臉書貼出後，阿嬤問海蒂要不要聽聽剛剛阿嬤貼的臉書內容？海蒂馬上躍上阿嬤的膝蓋，靜靜地聽著。聽完朗讀後，她抬頭問阿嬤：「我可以再聽一次嗎？」阿嬤從善如流，又念了一回。念完第二遍後，阿嬤問：「妳聽完覺得怎樣？好聽嗎？」海蒂說：「好聽。」然後從阿嬤的膝蓋一躍而下，壯士斷腕般地跟阿嬤說：「阿嬤，那麼我們一起來睡覺吧！」

這是她讀後心得的履踐嗎？阿嬤的身世果真堪憐？

討厭之二：洗澡

1Y8M 討厭洗澡

海蒂胃口大開，從來到走，吃吃喝喝，好像永遠處於飢餓狀態，回家前還順手牽羊帶走一片餅乾；但一談到「洗澡」或「玩水」立刻變臉，義正詞嚴且斬釘截鐵說：「不要！不要！不要！」響脆的三連發，沒得商量。

往日阿嬤心疼媳婦懷孕不方便，總想方設法幫忙孫女洗澡，讓兒子可以稍稍躲懶。結果為了捉拿到案，常搞得海蒂鬼哭神號，場面頗為難看；如今終於想通，阿嬤阿公只要做孫女喜歡的事即可，盡量不要討人嫌，如此兩相歡喜，免得將來海蒂談「嬤」色變，可就划不來了！

2Y9M 嬤孫的幾番攻防

洗澡時，海蒂忽然又開始耍賴。說是昨日媽媽已經幫她洗過頭髮：「很乾淨了。」堅持阿嬤自己聞聞看。阿嬤聞過後讓步，不必洗頭；海蒂得寸進尺，不肯脫上衣，只准許阿嬤幫忙洗下身。

阿嬤說：「那上面怎麼辦？」「上面昨天媽媽也洗過了。」「那剛剛去玩，脖子流汗了，怎麼辦？」她又啜泣起來，說什麼都不肯，陷入僵局。阿嬤知她玩累了，又沒睡午覺，想是倦極不知如何言說，只用倔強的頑抗來處理情緒，阿嬤只好妥協，說：「那我們就不脫衣服，用毛巾乾洗吧！」

海蒂聽說用乾洗，感覺好新鮮，立刻破涕為笑。看起來小孩子真好哄，其實嬤孫的幾番攻防，阿嬤可是節節敗退啊！

3Y1M 一頂粉紅浴帽

吃過晚餐後，阿公出門去，剩下阿嬤跟海蒂兩人對坐。海蒂問：「我們現在要做什麼？」阿嬤說：「有兩個選擇，一是海蒂陪阿嬤去樓下美容院洗頭；另一是海蒂陪阿嬤一起在浴室裡洗澡兼洗頭。」

雖然選項都不符理想，海蒂幾經掙扎，終於無奈地選了家裡浴室。兩人互相搓頭上的泡泡，互相洗頭洗澡。她看到浴室架上有一個袋子被擠壓在盥洗用具間，問：「這是什麼？」阿嬤取過一看：「是浴帽。」她驚喜地說：「育帽！原來是育育（海蒂的小名）的帽子！粉紅色的欸。」阿嬤說：「那不是妳的，是阿嬤的吧？」她很激動地說：「明明是我最喜歡的顏色，應該是阿嬤喜歡我，買給我的吧。」還真會牽拖詮釋，阿嬤被奉承得不好意思否認。於是，她順理成章打開來，戴著大帽子四處跑。

3Y2M 怎麼會這樣奇怪？

媽痲叮嚀，因為發燒，昨夜留宿阿公阿嬤家的海蒂晚上別開冷氣睡，讓她逼出一身汗，經一夜反側，果然出了一頭一身的汗。阿嬤看不下去，想帶她去洗澡洗髮，她就是不肯就範。

午後，阿公哄她在書房睡覺；阿嬤就近打電腦。海蒂不安分，說她睡不著。阿公說：「那就不睡，我們來比賽打呵欠吧！看誰的呵欠比較長、比較多。」結果阿公不旋踵間睡了，開始真的輕聲打呼；海蒂眼睛賊亮亮地輕易贏得比賽。

海蒂溜下床，說要站在一旁看阿嬤做功課。阿嬤捨不得，問她真正想做什麼？海蒂翻出兩張兒童音樂CD，說：「那我們來聽音樂吧！」阿嬤看了CD封面，靈機一動，指著上面的字說：「上面寫了：要聽這張音樂CD前，要先洗澡、洗頭，還要照一張照片才行。」海蒂納悶問：「真的這樣寫著嗎？」「真的。」阿嬤昧著良心說。海蒂半信半疑，但為了聽音樂，只好往浴室走去，邊走邊搖著頭嘟囔：「怎麼會這樣奇怪？」

洗澡時，阿嬤拍著她的屁股說：「這個屁股太可愛了，乾脆拿出去賣個好價錢吧。」海蒂說：「可以賣多少錢？」「應該可以賣一百元吧。」阿嬤開價。海蒂說：「把屁股賣掉，沒有屁股怎麼坐？」阿嬤問：「沒有屁股除了不能坐之外，還不能做什麼？」「也不能放屁跟大便。」她利索地回答。

「那麼，換成賣眼睛吧？」「不行，沒眼睛我就看不到阿嬤、阿公、爸拔、媽麻和諾諾了。」「不然，賣嘴巴吧？」「不行！沒有嘴巴不能吃東西。」「那麼再來想想，……賣掉鼻子吧！」「也不行，賣掉鼻子就不能摳鼻子了。」摳鼻子很享受嗎？「那賣耳朵吧！」「耳朵賣掉怎麼挖耳朵？不行啦。」她不肯。

最終協議，不賣任何東西，去客廳照一張相片後，堂堂進入沐浴更衣後正式的吃餅乾、聽音樂時間。

討厭之三：被照相

1Y8M 阿嬤，把相機收起來

才一歲八個月的海蒂玩心重，很喜歡出門溜達。當阿嬤不小心說出將帶她出去走走時，她立刻「耶~耶~」地高呼並馬上將阿嬤拉到裡間的更衣室，喊：「換！換！」催促阿嬤更衣；然後，自己取來外套、鞋子，背上她的小皮包。

下樓走在寬闊的人行道上，她牽著阿嬤、阿公的手，興奮地昂首闊步。阿嬤看她實在可愛，忍不住鬆開她的手，拿出包包裡的相機拍她。才拍一張，她急追過來，示意阿嬤蹲下，取過相機，說了又說：「包包，放。」要求阿嬤把相機收起來，不要再照相，阿嬤只好尊重她的意見。

雖非假日，中正紀念堂裡人潮還不少。海蒂開心地隨著阿嬤的歌聲舞動著雙手，必要時還停下來轉圈圈，可愛的模樣吸引了遊客的目光，大家都紛紛過來跟她打招呼，問：「幾歲啦？」海蒂可不作興搭腔，一遇陌生人，即刻笑容收起，悶不吭聲。

正巧遇上她媽媽的老同事，遠遠喊過海蒂的名字。海蒂很不給面子，第一位阿姨要求合照時，她垮著臉；等到第二位阿姨就定位，她居然紅了眼眶，合照之舉只好草草宣告結束。

陌生人走後，她破涕為笑，對著圍繞的鴿子群，嘟嘴吹氣：「噓！噓！」口水差點淹沒了廣場。海蒂在語言上已有很大進步，會講「鴿子」、「中正」、「國旗」、「古錐」……發音超甜美古錐。

繞了中正紀念堂一大圈，興致勃勃爬上樓梯去看蔣中正先生銅像，一點不嫌累。回到家中還討餅乾吃，餅乾吃了一半，歪著頭便倚著阿嬤睡了。

3Y1M 隨便妳！

姑姑回來，解下安全帽放桌上，海蒂好奇地拿起安全帽戴上。阿嬤見她戴安全帽可愛，取出相機，她馬上脫下帽子，在地上摩娑，不給照。接著兩人開始鬥法，阿嬤開始逗她。

嬤：「我有好東西想留給諾諾，不給妳。」（是怎樣！學習小朋友的招式？）海蒂：「為什麼？」（給我裝無辜？）

嬤：「我只是要幫妳照一張戴安全帽的照片妳就不肯，我幹麼給妳好東西！」（好無聊的阿嬤！）海蒂：「那是什麼好東西啊？」（先看東西值不值得犧牲色相嗎？）

嬤：「我才不告訴妳！」（不能一次底牌亮盡。）海蒂：「真的有好東西嗎？在哪裡？」（懷疑阿嬤耍詐？）

嬤：「在冰箱裡，妳一定會喜歡的好東西。」（先露一點釣餌。）海蒂：「那諾諾會喜歡嗎？她可能會不喜歡呀。」（唗！跟我來這套！）

嬤：「保證諾諾跟妳都會很喜歡的。」（只差沒露出口風了。）海蒂：「那是什麼東西呀？先讓我看看吧。」（好傢伙！還滿聰明的，不肯上當。）

嬤：「我不能先給妳看，我怕妳看完就先拿去吃了，我得保護好。」海蒂：「我不會先拿來吃的。」

嬤：「不行！我不信任妳！萬一妳吃掉了，諾諾就沒有了。」（要把握住底線。）海蒂：「是巧克力嗎？媽媽說諾諾不能吃巧克力。」（引蛇出洞？）

嬤：「除了巧克力，還有其他更好吃的。妳讓阿嬤照一張相片就給妳。」（妳就行行好！讓我照一張吧。）

海蒂撇撇嘴，不再戀棧，簡單做了結論：「隨便妳！」頭也不回走人，阿嬤目瞪口呆。

3Y2M 計賺海蒂的照片

提早用完晚餐，才知夜間可資利用的時間好長。洗完澡的兩位小朋友開始展開和大人的無限度遊戲。諾諾完全融入遊戲中，和喊口令的海蒂搭配得天衣無縫。

大人無一倖免，先是在教室裡提問，接著起身運動。擔任老師的海蒂自有一套完整的運動策略。抬腳到椅子的扶手上、兩手上伸彎腰、側身抱住頭部，像極芭蕾舞者慣常的練習動作，彎腰摸地，兩腿後踢，青蛙跳……名堂不少，諾諾依樣畫葫蘆，笑得大人嗆出了眼淚。

阿嬤順著海蒂先前不大禮貌的行為，展開扮演遊戲。海蒂扮演媽媽，阿嬤扮演放學回家的小孩。

小孩：「媽媽，今天小明在學校用棉被打我。」媽媽說：「沒關係，她可能是不小心的。」孩子：「可是他打了我兩次。」媽媽：「那妳就要告訴他，妳不喜歡他這樣做。」小朋友：「我已經告訴他兩次了，他還是不聽話打我，我怎麼辦？我好生氣。我可以打他嗎？」媽媽：「講過了不聽，妳也不能打他，妳可以去報告老師。」

耶~完全符合處理教室糾紛的標準作業程序（SOP），就不知事到臨頭能否如此一貫作業？

扮演小朋友的阿嬤忍不住拿起相機照相。扮演媽媽的海蒂即刻嚴詞厲斥：「我做菜時，請把相機放下，不能照相。」扮演小朋友的阿嬤趕緊舉手申訴：「可是，我想把漂亮的媽媽照相起來，拿去學校給我老師看。」理由充分！海蒂立刻整飭容顏，裝模作樣讓阿嬤照相，真正的媽媽在一旁笑到肚子疼。

一向龜毛不肯讓人照相的海蒂終究敵不過老狐狸似的阿嬤，阿嬤賺到了海蒂當媽媽時的照片，非常端莊的，感覺好像已經十八歲了。

3Y6M 和林良爺爺握手

午後，阿嬤和小姑姑帶著海蒂去紀州庵，參加紀州庵開館周年慶。出席的作家、學者不少，最讓人驚喜的是林良爺爺也由女兒陪著來了。年高九十一的他，雖不能稱之「健步如飛」，卻委實耳聰目明，健談如昔、幽默依舊。

海蒂真是上不了檯面。阿嬤的朋友想跟她合照，她都拘謹不給臉地拒絕；汪其楣教授很懂兒童心理，她不讓海蒂叫她，說：「我們還不熟，別讓她叫我，等下次見面，較熟了，她就會叫我的。」然後，還對著海蒂擺了個舞姿。果然，海蒂對她大表好感，回來後還跟阿嬤提起，阿嬤問她：「那下次見到她，妳會叫她嗎？」她很肯定地說：「下次較熟，會叫她婆婆。」

在紀州庵的舊館轉彎處，與林良爺爺又不期而遇。阿嬤讓她叫「爺爺」，她倒是乖巧地叫了。林爺爺親切地伸出手，她也伸手和他老人家握了握，倒讓阿嬤喜出望外。但讓她再握一次，一起照個相，她又不肯了。好可惜！小人兒和《小太陽》的作者握手合照，應該會是多麼美好的記憶！說不定真的會因此逐漸變成可愛的小太陽的，真是錯失良機了。

最愛

2Y6M 吃酸梅

聖誕夜，海蒂和諾諾回來。阿嬤阿公趕忙取出預備好的包裝精美的聖誕禮物。海蒂跟諾諾都好興奮。海蒂迫不及待拆開，發現是一件毛衣和一件棉外套，收拾了笑容，絕望地問阿嬤：「這就是我的禮物？」

「是啊！怎麼？不喜歡？阿公阿嬤特地去買的。」阿嬤巴結地說。

海蒂很不給面子地跑給阿嬤追，抵死不肯試穿。阿嬤放棄追逐海蒂，轉頭尋找諾諾，諾諾毫無抵抗能力地就範，穿上紅毛衣的妹妹可愛極了。

眼珠子轉啊轉的海蒂，仰頭瞧見書架高處一瓶八仙果，是學生特地宅配來給阿嬤保養喉嚨的，她兩隻小手擺在眼下，縮著脖子，笑眯了眼，做出垂涎欲滴的討好表情。

不管多高檔貨的衣服都輸給一片八仙果。

臨回去前，阿嬤問她要不要明日跟阿嬤回台中？海蒂的娘說：「明天跟外婆約好了。」阿嬤不死心，再問一次海蒂：「要跟阿嬤回台中？還是去外婆的店裡？」

海蒂說：「外婆那裡。」阿嬤心灰意冷，問海蒂的娘：「外婆做生意忙，有什麼地方吸引小孫女的？」海蒂的娘笑說：「前日不小心被海蒂搜出一包酸梅。」酸梅PK八仙果，酸梅贏了。阿嬤甘拜下風，因為海蒂的爸拔打小就是重度酸梅愛好者，至今死性不改，遺傳真是太厲害！

3Y3M 盛裝上場

前幾日，海蒂自挑了一套喜歡的粉紅色紗衣紗裙，每天巴望著穿它。但實在感覺太舞台裝了，總找不到合適的時間跟場合穿。海蒂忍不住了，問：「到底什麼時候才能穿呢？」

於是，昨晚藉口阿公生日，舉辦生日趴。適巧阿嬤昨日去高雄婦幼青少年活動中心演講，承辦單位的聯合線上網經理陳芝宇（阿嬤在世新教過的學生）託她同事送了兩條阿默蛋糕。阿嬤拎著蛋糕下高鐵站，經過另一家阿默蛋糕，進去要了幾枝小蠟燭，晚上的轟趴因此像模像樣。

海蒂穿上紗衣紗裙出場娛親，諾諾也來湊一腳，兩人滿場飛舞，煞是可愛。

人家說，每個孩子都是哪吒，生下來抗拒父母的，果然。兩個小孫女的媽麻最痛恨的三種東西——粉紅色、紗質蕾絲邊的衣服，和Kitty貓，恰恰都是海蒂的最愛，Kitty貓還是海蒂一生最早學會的語詞。

3Y4M 真心話的遊戲

海蒂跟阿嬤約好先去洗澡，洗完澡，到臥房玩幾回大野狼與小紅帽的故事，再入睡。

頭髮吹乾後，嬤孫兩人興沖沖上了床，海蒂赫然發現：「完蛋了！不能玩大野狼的故事了，只有兩個人怎麼行？阿嬤演媽媽，我是小紅帽，大野狼誰來演啊？」她雙眼賊溜溜，望向姑姑的房間。阿嬤說：「不行打姑姑的主意，姑姑在房間忙客戶的事。」阿嬤另出主意：「乾脆阿嬤演大野狼，妳還是小紅帽，妳的新玩具熊演媽媽。」海蒂不肯，說：「熊熊太小了，怎麼能演媽媽！」

海蒂邊翻身下床邊說：「我去叫阿公來吧！讓阿公演大野狼。」阿嬤立刻阻止，阿公正哄著諾諾睡覺，此刻去，把諾諾吵醒可不是好玩的事。阿嬤務實建議：「不如我們先睡覺，等阿公把諾諾哄睡了，我們再起來一起玩。」

海蒂識破阿嬤的如意算盤，不上當，兩人陷入僵局。阿嬤另闢蹊徑：「妳不肯睡覺，那麼，我們乾脆來聊天吧。」

「聊什麼呢？」海蒂嘆了口氣。「我們來玩真心話的遊戲，從現在開始，每個人都要說出真心話。」阿嬤說。「真心話是什麼話？」海蒂問。「真心話就是不能騙人的話。」阿嬤抽象的說明過後，決定率先進行示範：「譬如：妳和諾諾是阿嬤最愛的人，那妳呢？妳最愛的人是誰？」阿嬤羞答答地開頭。

「我也最愛阿嬤。」海蒂給出令人滿意的話，但阿嬤怎麼覺得有幾分虛假。「真心話就是說出不能騙人的話，妳真的最愛阿嬤嗎？那媽媽呢？」阿嬤追問。

「啊，對齁，我忘記了！我的第一愛是媽媽，……第二愛是爸爸……第三愛……第三愛是阿公……第七愛是諾諾……第六愛是……」

海蒂的算術大錯亂，阿嬤的方寸也大亂，簡直沒辦法繼續聽下去。排名一下子由最愛倒退到不知道第幾名去了；後退幾名其實倒也無妨，但排名竟然退到阿公的後面，是可忍，孰不可忍！阿嬤壯士斷腕地阻止：「那我們還是別玩真心話的遊戲！太傷人了，我們睡覺吧。」

「傷人是什麼？」海蒂追根究柢。

「傷人就是……就是……被刀子割到受傷，有破洞。」阿嬤勉強解釋。

「那會很痛嗎？」海蒂露出憐惜的表情續問。

3Y5M 澳洲剪羊毛的來了！

二姊將她孫女幼時所穿的衣服揀了幾件贈送給阿嬤的兩個小孫女。氣溫驟降，阿嬤翻出羊毛背心大小兩件，分別給她們穿了，雖然大了些，卻相當可愛。

諾諾另外找出了兩頂草帽，一頂自己戴，一頂執意要阿公一起戴起來；阿公樂不可支，又翻出另一頂給海蒂，三人同款造型，在客廳裡耍寶。全家人笑鬧著，阿嬤和媽媽分別取出相機為他們照相。

海蒂作怪，對著鏡頭一逕垂首，媽媽說：「一整個血滴子的意象。」阿公笑稱：「根本是澳洲剪羊毛的來了！」

2Y2M 家裡已經有了！

今日媳婦臉書上，看到海蒂的外婆留言，說帶海蒂去晴光市場買衣服。海蒂頻頻告訴外婆：「不要買，好了！家裡很多，這不要買。」賣衣服的阿姨要送她髮夾，她也說：「不要！家裡有好多了。」

這讓阿嬤不由得想起，每回帶她去逛街，她看到玩具店總是眼睛發亮地飛奔過去，嘴裡高喊著：「耶～耶～」但進到店內，店裡阿姨問她要買什麼，她總說：「家裡已經有了。」然後，看了看後，歡歡喜喜出店門。

除非在家裡已講好，或是專程去給她買東西，請她挑選，否則，她從不隨便要求。

海蒂的爸媽在這一點上教育得很好，很讓人感動。希望海蒂能保持這個好習慣，講理不隨便要賴，節儉不亂花錢。

2Y6M 妳有什麼好表現嗎？

昨日從台中誠品綠園道新書發表會回來，推開大門，兩孫女已然在座，海蒂還用驚喜的歡呼回報阿嬤的辛勞。

經過較密集的接觸，諾諾已經跟阿公阿嬤非常熟悉，喜歡跟阿嬤握手、叩頭，一身是勁，勇猛異常；海蒂則是萬般親密，跟前跟後的，要陪阿嬤一起遊戲。

只要阿嬤一坐到書桌前，海蒂就稱呼阿嬤「電腦阿嬤」；但最近發現海蒂也是3C產品的愛用者，只要阿嬤一靠近電腦，她總會飛快奔近，指著首頁的小房子圖樣，口裡喃喃覆誦著阿嬤邊打字邊說著的：「ㄒㄧˋ ㄐㄩㄣ ㄉㄚˋ ㄓㄢˋ」，要求看電腦上的「心靈環保兒童生活教育動畫」中的「細菌大戰」、「爸爸的環保袋」等，換阿嬤叫她「電腦海蒂」。

昨日，海蒂不小心點到YouTube上的「健達出奇蛋」，好幾十個蛋排排坐，一雙手拿起一個蛋，剝開外包鋁箔紙，跑出一顆蛋型巧克力；再剝開蛋，跑出一個橢圓塑膠盒；再靈巧地打開盒子，從中取出一張摺疊好的說明書及小玩具。小玩具包羅萬象，從小汽車、小動物到芭比娃娃……讓人目眩神移。

資本主義的行銷策略果然厲害，電腦海蒂簡直著迷極了。每掏出一個小玩具便歡喜地驚叫，看著、看著，忽然跟阿嬤說：「我們來買這種玩具吧！」阿嬤說：「要買東西？那妳有好表現嗎？有好表現才可以買啊。」海蒂低頭思考了一會兒，心虛地回說：「有啊！」聲音小小的。

「請告訴阿嬤，那是什麼好表現呢？」阿嬤追問。「我忘記了。」她攤開手，裝迷糊。「若是記起來再告訴阿嬤吧！阿嬤會想一想，再決定可不可以買。」

海蒂看起來好失望，但也只好打消念頭，很認命地退而求其次：「那我們再看一遍吧。」

阿嬤感覺海蒂反省的「沒有好表現」跟阿嬤所想到的應該是同一件事，誰叫她睡覺前老是哭著找媽媽。她心知肚明，就這點而言，她的表現確實不佳。

2Y6M 豆大的淚珠都被吞進了肚裡

前晚、姑姑帶著海蒂搭乘高鐵下中部。據說兩人上了高鐵後，姑姑邀海蒂去車廂內的廁所先方便一下。海蒂不肯，說是肚子餓了想先吃飯。

小姑姑示弱地說，姑姑尿急，萬一尿溼褲子怎麼辦？海蒂胸有成竹，說：「沒關係，媽媽準備了濕紙巾。」「要濕紙巾做什麼呀？」小姑姑問，海蒂很大聲地說：「可以給妳擦尿濕的椅子啊。」弄得小姑姑啼笑皆非。

今日吃過晚餐後上中友百貨，小姑姑陪同從芝加哥回來的海蒂的表姊去誠品逛逛；加拿大姑姑陪姨婆去買棉被和被套；阿公和阿嬤想買個小電子鍋；海蒂糾纏著阿嬤去玩具區，司馬昭之心人盡皆知。

在十樓，阿嬤跟她約法三章。只能看，不能買。「因為有好表現才行。」她答應了，歡歡喜喜大踏步下樓，一下到八樓，看得眼花撩亂，不時停下腳步逗留瀏覽。她偏愛餐點遊戲，有一組麵包超人的壽司玩具簡直讓她一見鍾情。

嬤孫兩人在那駐足了許久，她展示了極度的熱愛。阿嬤跟她說：「阿嬤記住了妳喜歡的玩具組，也看得清清楚楚，下次海蒂有好表現，阿嬤就來買。」「怎樣做才有好表現呢？」阿嬤問。海蒂裝傻，回說不知道。其實海蒂心知肚明，為了有好表現，她吞下了好多眼淚。昨晚立意一起跟小姑姑上樓睡覺，一滴淚都沒流，只怔怔地在床上失神了片刻；中午還主動提醒加拿大姑姑陪她去午睡，連睡前的遊戲都省了，直接去跟周公請安。

2Y6M 為什麼忽然沒有肉絲（壽司）玩具了啊？

昨晚，海蒂乖乖上床，阿嬤在一旁打臉書陪著，很快就睡著了。

一早醒來，就看著窗簾隙縫的光線興奮地說：「太陽公公應該已經上班了，我們應該可以去買肉絲（壽司）玩具了。」

阿嬤說：「嗯，昨晚真的有好表現，但好表現不能只有一次，要持續下去。」於是，她主動要幫阿嬤一起把棉被鋪好，蓋上床罩，多虧了她的幫忙，阿嬤不必東跑西跑地拉平棉被，海蒂真是好幫手。

沒料到要出門時，小姑姑來電，說從加州回來的海蒂的阿伯要搭高鐵來訪，阿公阿嬤只好簡化行程，從百貨公司濃縮至近處的「席夢屋」（專賣日貨的），玩具的挑選品項立刻縮減許多。
沒有海蒂日思夜夢的肉絲（壽司）玩具，但海蒂依然開心地選了組一九九元的蛋糕遊戲。阿嬤說可以多選一樣，海蒂不貪心，回說：「有蛋糕就很好了，不要浪費錢。」簡直讓阿公阿嬤感動極了。
沒料到，回到家後，她好像才從夢中醒來一樣，詫異地問阿嬤：「阿嬤！我們不是要買肉絲（壽司）玩具嗎？為什麼變成蛋糕？」阿嬤一時不知如何回答，只訕訕然跟著說：「對啊！為什麼會變成這樣呢？這不是妳選的嗎？」海蒂忽然變聰明了，說：「因為那裡沒有肉絲（壽司）玩具啊？」
是啊！可是為什麼忽然沒有肉絲（壽司）玩具了啊？狀況有些複雜，不容易說明白，阿嬤只好裝迷糊到底。

3Y　真讓阿嬤傾服

諾諾最近熱中翻找包包。前個月，一不小心把阿嬤潮麻包裡的安眠藥整排取出，坐在書房地上，合著鋁箔包裝就不客氣地嚼食起來。幸得海蒂機警，從諾諾手中搶得一顆黏答答的，拿到客廳大聲告狀：「諾諾偷吃阿嬤的安眠藥。」
大人看到她小手心裡那顆溼淋淋的白藥，著實被嚇了好幾跳！飛奔過去，只見諾諾連同鋁箔啃下，因為藥苦，正嘔吐出來。泥濘中數了數，雖然已然被咬得破碎，但幸好經過拼湊後，發現數量一顆不缺。

事件終於告一段落，阿嬤感謝海蒂機警救了妹妹一命，要大家給海蒂熱烈拍手。海蒂還半信半疑問：「我是諾諾的救命恩人嗎？」從那之後，有好幾次，海蒂都一副救命恩人的樣子教訓妹妹：「諾諾，妳不可以這樣！」「諾諾，妳不可以那樣！」

昨日回來，她又在書房看到阿嬤的潮麻包，立刻很迅速地檢查其中有沒有藥？並且老里老氣跟阿嬤說：「阿嬤，妳的包包太亂了，我幫妳整理整理。」正在電腦上做功課的阿嬤隨口答：「好啊，就麻煩妳了。」

一會兒，海蒂提著阿嬤的潮麻包來給阿嬤：「整理好了，妳看。」阿嬤轉身取過，探頭一看，還真是有條不紊哪！原本毫無章法，得大海撈針的包內物，橋歸橋，路歸路，外格、內裡、中間，層次分明。

小小年紀居然有這樣的秩序感，真讓阿嬤傾服。

3Y1M 母女的好表現

諾諾午後在院子裡做露天日光浴，玩得不亦樂乎。那口差點被阿嬤拿去種花的木桶，忽然起死回生，缺口從大洞變為小縫，從小縫變成無縫，多謝臉友為它請命，網開一面留下它，如今居然點滴不漏，太神奇。

午後三點，趁著諾諾開始打呵欠，和諾諾的爸拔趕緊束裝上路返北。因為呵欠打完，睡眠必然繼之，此時出發，可保一路安穩，不會掙脫安全椅，嚇壞大人。

車子離開一高，轉進建國北路，爸爸的手機響了，自動擴音收聽，是諾諾的媽媽。「晚餐吃什麼？……可以吃麥當勞嗎？」媽媽問爸爸。「隨便，都可以，為什麼想吃麥當勞？」爸爸回問。「因為海蒂有好表現。剛剛去接她放學，老師說她早上進教室後馬上就進入狀況，非常專注在她的工作上，完全不需要擔心。這樣的好表現，可以順一次她的心願，請她吃一次麥當勞嗎？」得到肯定的答案後，電話掛了。

過不到兩分鐘，電話又來了，依然是諾諾的媽媽。「那我可以吃一碗冰沙嗎？」媽媽問。「那妳有什麼好表現？」爸拔冷靜地回問。「今天我在家裡整理房間，拖地拖了一整天，這不算好表現嗎？」媽媽回答。「妳的好表現有誰看見？」爸爸再度刁難。「灰塵看見。」媽媽大聲回答。「但等會兒我得先送阿母回家，我一個人載著諾諾，怎樣下去買冰沙？」爸爸開始推託。「哦！」媽媽難掩失望。

爸爸低聲問阿嬤：「媽，我們先去政江號，您幫忙下車去買一下，我再送您回去行嗎？」有何不可！阿嬤爽快回答。爸拔跟電話裡的媽媽說：「好啦！好啦，我叫老母下去幫妳買啦！」媽媽大概沒料到撒嬌的言語被擴音，瞬間氣虛模樣，囁嚅說：「媽媽，……我……我有好表現捏。」阿嬤大笑回說：「乖，有好表現當然可以吃冰沙，我去買，冰沙裡要加什麼料？」

於是，媽媽的好表現得到一碗加了紅豆綠豆粉粿燕麥的政江號冰沙，海蒂則進了麥當勞。

諾諾其實也有好表現的，她一路酣睡，直到大家熱烈討論好表現的獎賞時，她醒來了，一句討賞的話也沒說地對著窗外發呆。阿嬤要來想想該給諾諾的好表現怎樣的獎勵。

—輯七—

弄孫記——愜意的人生

阿嬤的心動神馳時刻

1Y8M 享受孫女的服務

午後，阿公阿嬤又歡喜迎孫。一整個下午直到晚上十點左右，祖孫和小姑姑四人玩得不亦樂乎。海蒂龍體乍安，立刻恢復龍女本色，躲貓貓、畫圖、唱歌、跳舞、讀書、睡覺……各有專人負責，躲貓貓全家總動員；畫圖歸阿公管轄；唱歌跳舞屬小姑姑職責；讀書、耍花樣是阿嬤的專長，連小賤兔都分配了陪睡的任務，真像頗具制度的公司組織，人人各司所職。

但阿嬤也得坦承，海蒂也是個知恩圖報的人。她最近幾趟回來，總是很認真地拿著乳液為所有人塗抹手腳。不管是否剛洗過澡，海蒂一逕口裡說著「抹抹，抹抹。」為坐在沙發上的阿公阿嬤及小姑姑的手腳細心塗抹上乳液。海蒂的媽媽笑稱：「海蒂若留在阿嬤家過個冬天，在她的勤於幫忙保養下，阿嬤皮膚保證會變得幼綿綿、白泡泡。」

海蒂臨走前，賞給「海蒂股份有限公司」每個賣力演出的職員各兩個甜蜜的香吻，大家都覺得回饋的紅利豐厚，相當值得。

1Y11M 心動神馳的時刻

昨夜，孫女入睡後，阿嬤輕手輕腳出到客廳，不小心多看了些書，上床時，床邊的電子鐘竟然眨著紅眼，顯示是四點。早上七點多，感覺身旁有小動靜，睜眼一看，海蒂已露出可愛的笑容直直望向阿嬤。

昨晚承諾她如果睡覺前沒有「大」哭，太陽出來後，阿嬤要買冰淇淋給她。大人說話得算話，吃過早餐後，阿公阿嬤推著娃娃車去履行承諾並順道買菜。途中，一位英俊男子帶著她母親趨近，指著孫女客氣地問：「這是海蒂吧！我有follow您的臉書。」阿嬤大吃一驚，腫著眼泡，穿著邋遢，不該這麼出門的。然而，悔之晚矣。

海蒂的進步真驚人，已經很會造句。譬如：阿嬤讓她坐在小桌前吃餅乾，她會說：「我要一邊吃餅乾，一邊看電視。」阿嬤問她：「阿嬤給的涼拌什錦吃完了嗎？」她居然捧起小碗遞給阿嬤說：「沒有吃完，很可惜，浪費了。」真是讓人大大驚豔！

以前絕不道歉的彆扭，似乎也開始略有鬆動。今日無端鬧脾氣，洗完澡，不讓阿嬤穿衣，甚至還甩掉浴巾。阿嬤說：「妳這樣不乖，意思是說，妳以後都不會跟阿嬤要餅乾吃囉？」她將臉趴在椅背上一秒鐘後，隨即乖乖躺到阿嬤面前沙發上。然後說：「要做好寶寶，巧虎說的。」阿嬤說：「這樣才乖，亂發脾氣是不對的。」換好衣服，她還努力補過，重複勉勵自己：「要乖乖的，不能亂生氣，我們打過勾勾了。」

海蒂的飲食很奇特，一般小朋友不大吃的菜，很多都是她的最愛，全家人笑稱她專吃老人菜。譬如大蒜、青蔥、苦瓜、芹菜、秋葵、甘藍菜……，尤其忒愛阿嬤醃製的嫩薑。午餐時，一口麵配一口薑，吃得津津有味。黃昏，奉阿公之命進到廚房問：「阿嬤做好飯了嗎？」阿嬤知她肚子餓，回她：「還沒哪！……來來來，讓阿嬤想想能給妳先吃點什麼？」她居然問：「吃薑嗎？」晚餐桌上，她還當著眾人面前嘉許阿嬤：「阿嬤的薑真好吃，阿嬤好棒！」

海蒂的爸拔無意中用客廳與餐廳間的隔簾跟海蒂躲貓貓，於是，一整晚，全家人都被點名一起共襄盛舉。海蒂指定一人先去簾後等待，她端坐沙發上，由媽媽發號施令：「一二三開始！」海蒂從沙發上一躍而下，衝去簾後抓人，被抓的人藉著簾子掩護，從另一邊閃避，每人都有各自不同的躲藏風格，攪得海蒂驚叫連連，樂不可支。

看著海蒂天真無邪的笑容，聽著全家人發出的格格笑聲，阿嬤不覺心動神馳！

2Y1M 就是喜歡聽她這樣不停地喊

一向不苟言笑的阿公，開始變得活潑風趣。一回，阿嬤檢討他慣常的不當對應說：「早上我跟海蒂跳舞的時候，海蒂頻頻叫你看，你應該讓海蒂看見你看見了，不應該看一下就低頭做事、看一下又低頭做事，讓正轉圈圈的她一直喊：『阿公！你看！阿公！你看！』」

他居然一臉光彩地說：「老實說，我就是喜歡聽她這樣不停地喊！聽起來好舒服啊。」

2Y3M 阿嬤的另類深情剪貼簿

中午過後，忘了為何事，海蒂和阿嬤生氣；阿嬤也氣了，要她為不禮貌道歉，她倔強不肯，直說：「我要找媽媽。」阿嬤說：「那妳就去找啊！」她四顧茫然，換了台詞：「我要去找阿公。」阿公在書房聽了，才要答腔，阿嬤狠心阻攔：「妳這樣不乖，阿公也不會喜歡妳。」她跑了一半的身子立刻轉回，說：「那我自己玩遊戲。」

取了幾個玩具自顧低頭擺弄，約莫三分鐘左右，才低聲地朝阿嬤說：「阿嬤對不起！」阿嬤摟著她說：「做錯事就應該道歉，道歉的小朋友才是乖小孩。」她一聽，可來勁兒了，立刻自行加碼：「乖小孩可以買有梳子的娃娃嗎？」她可是超會連結的，早上在電腦螢幕上，看到一款有梳子的娃娃，好生羨慕。阿嬤見她喜歡，跟她溝通：「阿嬤上次買小汽車給妳是因為妳那晚睡前只哭一點點，並不是隨時都能要求買東西，要有好表現的時候才行。」

阿嬤想起她前天居然過來書房說：「電腦阿嬤！妳不要再做功課啦！陪海蒂玩啦！」然後順手將阿嬤的筆記型電腦關上。如今回想起這件事，少不得繼續往下溝通：「還有，阿嬤必須在電腦上做功課賺錢，才能買菜買飯，大家才能吃飽飽，也才有錢買玩具，妳不能關掉阿嬤的電腦，一直要阿嬤跟妳玩，知道嗎？」她認真地點頭，還順著議題延伸論述：「店裡的阿姨把阿嬤的錢都拿光光了！好糟糕。」

這些叨叨的絮語，是阿嬤的另類深情剪貼簿，剪貼了乖孫女的點滴成長記事。

2Y6M 説說過去，想想未來

一年終了，二〇一四也到了年底了。

海蒂是阿公阿嬤的心肝寶貝已是眾所皆知，她帶給家裡的快樂，無法盡數；諾諾的出生，是喜上加喜，每一回來，看到又長進了一些，阿公阿嬤總是喜之不勝。

臉友們總不免要怪罪阿嬤偏心，報導的篇幅兩姝似乎不成比例，那是因為相處時間的比例不同，會說話跟無法言說的巨大差異所導致。諾諾昨晚回來，經過阿嬤抱著她多次示範「叫『阿嬤』！」，她也一再抿嘴嘗試下，終於叫了一聲「嬤」，真是讓阿嬤驚喜不已。

諾諾和海蒂情性不同，海蒂謹慎、心機重；諾諾橫衝直撞，很愛笑，各有短長。在同等年歲時，諾諾原本和海蒂的身高體重一致，最近，諾諾已超越姊姊當年的紀錄，身高體重都略勝一籌。諾諾的力氣很大，阿公阿嬤幾乎要制不住她了，但看到阿公阿嬤就笑咪咪的她，很喜歡跟阿嬤頭叩頭，跟阿嬤握手，拍手給大家看，最近也學會扶著桌椅走動幾步。

阿公特別引諾諾為知己，阿公的肩膀特別受到諾諾的青睞，只要趴在上面，很快就安心地睡著，這點跟小時不喜男士接近的海蒂很不同，阿公覺得在諾諾身上扳回一城，洋洋自得，頗感安慰。

2Y7M 這樣的日子真是好不愜意

兒子一家人在晚飯過後回來省親。諾諾非常喜歡姊姊，凡事模仿。姊姊在玩具間高聲呼喚阿嬤，諾諾在客廳遙相應和，也不停高呼：「嬤」，阿嬤故意不應答，任憑她們高來高去地喊，樂不可支。

兩姊妹似乎慢慢走到一塊兒，海蒂偶或回到嬰兒期，嗲聲嗲氣說話，跟諾諾學。兩人時而共閱一本書，時而朝同一方向分頭各看各的書，目不轉睛的，畫面甚是動人。

海蒂騎出腳踏車來，諾諾也開心地「蛇」過去，扶著腳踏車座墊站起身歡呼。她們的爸媽不停翻新花樣跟著玩，童心未泯地各頂一名小童，在客廳玩騎馬打仗，逗得阿公阿嬤前俯後仰地笑，這樣的日子真是好不愜意。

2Y9M 報告祖先們

一早，神清氣爽地起床，全家人一起在餐廳裡吃早餐。有西式的麵包和蛋糕，有中式的麵線和番茄煎蛋，任君選擇。諾諾吃得一臉一手，壯至慘烈，卻笑得開懷。

媽媽領著海蒂和諾諾興奮地唱歌：「嚕啦啦、嚕啦啦、嚕啦嚕啦咧，嚕啦、嚕啦、嚕啦嚕啦咧！」「王老先生有塊地啊伊啊伊啊呦！」……歌聲迴繞，流進了書房，越過了臥室。直達客廳，並飛出窗外，惹得白色的流蘇、紅豔豔的楓葉、九重葛和粉嫩的富士櫻聽到了，都不由得笑了。

穿戴整齊後。兩個小丫頭高高興興地去給祖先們看看，阿嬤家已經有了兩名快樂的小英雌。

3Y5M 阿公阿嬤不禁幸福地笑了

孫女這兩天都來掛單。前天中午阿嬤去三峽北大附中演講，晚上去師大評審梁實秋文學獎；昨日南下嘉義去東石高中，兩日都東奔西跑，今早又到醫院耗了半日，多虧了阿公鎮守，看來阿公帶孫越來越有心得，哪天得頒發個獎狀嘉勉一番才是。晚上不想再費事，阿公接回上學的海蒂後，舉家散步去永康街吃晚飯，在麗水街上班的姑姑轉個彎就來會合。

這些天，天色很快就暗下來，從小就很擅長走路的海蒂，走在點著街燈的細細長長小路上，發現前方阿公推著諾諾娃娃車的身影落在地上，時而在阿公身前，時而跑到身後。她驚訝地報告給阿嬤知曉，阿嬤指著自己和海蒂的影子給她看，也是時前時後。

海蒂不可置信地睜大了眼睛問為什麼，阿嬤當做實驗似的跟她說明光的來源跟影子的關係。一路的路燈，靠近時影子在後，離開向前之後，影子便跑到前方。嬤孫兩人一盞一盞地試，影子像變魔術似的變化著，海蒂格格笑著，不知情的諾諾也湊趣地學姊姊哈哈大笑。

在「呂桑」吃過晚餐，兩個小傢伙穿著一式的藍色洋裝，太可愛了，身旁經過的路人都忍不住逗她們兩句。海蒂一逕端莊地不苟言笑，諾諾則靦腆地揮手回應路人的再見手勢，姊妹倆風格不一，由小地方可見，諾諾將來適合去選舉；海蒂只能坐辦公室，位置還要面對牆壁。

走在愛國東路上的寬大人行道，阿嬤姑姑和兩位小孫女發瘋似地唱歌跳舞，一首接一首，〈Wheels On The Bus〉的歌連諾諾都能接上「round and round」、「all through the town」幾句。

過了金山南路，轉進其間的細長小路，一點人車也無，只有方才的街燈仍盡職守候著。風吹著，諾諾坐上了車子，海蒂抬頭看到天空上只有一顆星星掛著，趕緊叫姑姑看，諾諾在娃娃椅上也跟著煞有介事地抬頭指著、笑著，不肯落姊姊之後。

看著兩位可愛的小孫女，阿公阿嬤不禁幸福地笑了。

2Y 阿公開始將戰線延長

海蒂的語言進度一日千里，今天最打動阿嬤的一句話是海蒂回家前深情款款說的：「阿嬤跟海蒂一起回家吧。」句式完整，表達清晰。當阿嬤說：「阿嬤不能去，阿嬤等妳再回來。」她立刻用兩隻手掌摀住臉，不依地說：「傷心。」阿嬤依例抱著海蒂下樓，並送到停車處，一路海蒂跟阿嬤依依不捨，搞得阿嬤方寸大亂。

海蒂出生至今，總是最愛阿嬤，阿公一向吃味。最近，諾諾加入戰場，局勢隱隱然有了改變。阿公今晚抱著諾諾跟阿嬤炫耀：「我現在抱諾諾的時間，恐怕已經超過抱海蒂的總時數了！」那意思明顯提示，在跟諾諾的相處上，阿嬤可能要處於劣勢了。

看來阿公開始將戰線延長，立意將龍年的受挫在馬年中討回，阿嬤這才知道他原來心靈受創甚深！

2Y1M 阿嬤陡然姿態高了起來

阿嬤應邀參與新北市政府文化局召開的記者會，四點多回到家沒多久，海蒂一家四口旋風般歸來，給阿嬤意外的驚喜。海蒂一副「哈哈！我們終於見面了！」的態勢，在面前跑過來奔過去。

增加了一個孫女，感覺熱鬧許多。原先默不吭聲的諾諾開始不甘寂寞了，咿咿呀呀的，想參與所有的繁華熱鬧似的，阿嬤抱了這個、想了那個，應接不暇，卻歡喜不盡。

海蒂的爸媽原本想去大賣場添購東西，沒想到車子微恙，臨時打消托嬰計畫，留在家裡娛親，卻頻呼肚子餓。中午，阿嬤從銀行趕回，炒了拿手的米粉，小姑姑和阿公讚不絕口。既然有人肚子餓，當然趕緊捧出剩餘的米粉伺候。兒子媳婦和海蒂三人圍著一盤米粉搶食，海蒂一口接一口，兒子媳婦頻呼人間美味，阿嬤在一旁看了笑呵呵。

這回，海蒂回來，搶了阿嬤的相機，說：「我來！我來！」幫阿嬤拍了幾張照片，還真有模有樣的。阿嬤繼上次之約，又跟她說了些台語，海蒂笑著學得帶勁兒。

可惜的是，阿嬤和昔日學生有約，一起吃晚餐。六點鐘一到，不得不出門，阿嬤邀約海蒂同行，媳婦引誘她：「跟阿嬤一起出去吃飯吧！」海蒂搖頭，小手指著米粉說：「要吃這個！」阿嬤一則以喜，一則失望，但時間已然緊迫，只好跟海蒂揮手說再見。

正坐在沙發上歡心吃著米粉的海蒂，一聽說要跟阿嬤說再見，立刻將兩手擺在膝上，垂下頭和長睫毛，嘟起嘴做出不依的表情。雖經阿嬤再三解說，她還是老調：「不要跟阿嬤說再見。」真是可愛爆表！

莫非阿嬤真的如阿公所說是萬人迷？想到這兒，阿嬤陡然姿態高了起來。

2Y6M 血統純正

海蒂口齒伶俐，常有讓人驚奇之語。

午後，阿嬤在台中趕稿，把電腦提到餐桌上，正坐下打算開始打字。海蒂潛至，仰起頭跟阿嬤說：「我可以坐到妳的膝蓋上嗎？」「不行！阿嬤在忙。」海蒂不死心：「可是，我好喜歡坐在阿嬤的膝蓋上，妳可以抱抱我嗎？」然後她忽然記起二月間她曾抱著阿嬤的新書說：「《阿嬤抱抱》！請買。」的宣傳台詞，不停笑著央求：「阿嬤抱抱！阿嬤抱抱！」阿嬤為難地說：「可是阿嬤要寫稿子賺錢捏！」海蒂很義氣地相挺說：「讓我坐在妳的膝蓋上，幫妳一起賺錢吧！」阿嬤真是笑開懷。

晚間北上時，阿公開車，阿嬤忙著在手機上回覆訊息。海蒂忽然在黑黑的座位上問阿嬤：「在車上可以忙嗎？」意思是譴責阿嬤不該在車上寫信。又望著車外的車流，擔心地問阿嬤：「認得路嗎？」

小孫女有個壞習慣，不喜歡的事，常常裝聾作啞，悶不吭聲。阿嬤常常連問幾聲，她都不搭理。那日阿嬤以其人之道還治其人之身，也對海蒂的提問來個相應不理。海蒂急了，一聲急過一聲地喊「阿嬤！阿嬤！」阿嬤才正色回她：「妳看，如果妳問我，我也不回答，妳是不是會很生氣？」小孫女沒說話；阿嬤加碼教導：「出聲音回答別人的話是一種禮貌，妳不能跟阿公一樣養成這種不言不語的壞習慣，知道嗎？」

阿嬤感覺車子驀地一晃的，隨即恢復正道。正開車的阿公無端中箭，非但沒有生氣，還嘻皮笑臉呵呵回應：「確認是我的孫女無誤，血統純正，不必去驗DNA。」

2Y6M 阿公跟阿嬤的聖誕禮物

冷天出門，原本只想騎摩托車直驅松青超市為晚餐買些火鍋料，誰知臨出門，阿公多事叮嚀：「既然都出門了，要不要順便去聖瑪莉買個脆皮核桃麵包。」這句話真惹禍。摩托車停在偏僻處，走路過去聖瑪莉，途中處處誘惑。終於止不住潛藏的慾望，阿嬤停駐在童裝店前。

昨日，兒子和媳婦來托嬰，兩位小孫女脫了外衣後，穿著單薄的衣服，家裡竟遍尋不著一件可以讓她們行動自如的外衣。今早，阿公去買菜回來，喜孜孜帶回兩件從市場購回的冬日小背心；阿嬤嘴裡不說，心裡嫌他寒酸，連袖子都沒。阿公補充說明：「別看是市場貨，同樣的款式，大陸製的一件只要一百五十元，我買的是台灣製，一件六百九十元。」

阿嬤既然路過童裝店，少不得進去觀光一番，五分鐘內，豪氣地買了三件有袖子的外衣，兩件紅、綠毛衣當兩位小孫女的聖誕禮物，一件厚的棉質外衣，海蒂穿完，諾諾可以接續穿。

這態勢竟有些像同場競技了！阿公甘拜下風說：「還是阿嬤的眼光較好，也比較氣派，阿公只會買菜市仔貨。」阿嬤確切感受到阿公並沒有酸阿嬤的意思，肇因於阿嬤去聖瑪莉買麵包時，很貼心地為阿公多買了一個他最愛的紅豆麵包，盛情感人哪！

3 Y 看誰的氣度大

諾諾跟著阿公阿嬤回台中兩天半，不知怎的，超黏阿公。隨時眼光跟著阿公的身影轉，阿嬤有些惆悵。阿公聽說了，竟然毫無同情心地回說：「那妳得自我檢討。」

阿嬤簡直不敢置信，一向忠厚老實的阿公會說出這種無情無義的話。想當年，海蒂壓根兒不理阿公時，阿嬤不但沒叫阿公自我檢討，還深致同情之意，一再找理由安慰他的；如今，阿公竟然恩將仇報。

不過，阿嬤很快就釋懷了，微笑著對小姑姑說：「可憐的阿公應該不是報復心重，而是先前被海蒂傷害太深，受創太重，如今才會這樣。」雖然嘴裡這樣說，阿嬤的真實心聲卻是：「讓大家評評理，看誰的氣度大。」

阿嬤跟小孫女過招

2Y1M 兵荒馬亂的

諾諾已經可以開始回應大人的逗弄，阿嬤說：「一二三，叫阿嬤。我是阿嬤捏！」她居然以「欸！」回應，然後咧開嘴笑得好開心。阿嬤說：「妳還不會叫阿嬤是嗎？那麼，讓海蒂姊姊來教你吧！」海蒂立刻奔來，一副老成的模樣，鄭重示範正確發音：「阿嬤！」諾諾又笑了！當阿嬤作勢想咬諾諾時，小姊姊還會護著妹妹說：「不要咬妹妹。」真的已經是架式十足的姊姊了。

有一段時間內，爸拔媽麻聯袂出去辦事，臨出門還一再不放心地問阿嬤：「妳一個人行嗎？」阿嬤信心滿滿：「有啥難的！幾千人的演講都不怕了，何況姑姑四點就下班，沒問題，儘管放心去吧！」

誰知爸拔媽麻前腳才下到樓下，諾諾就從酣睡中醒來，哇哇大哭！一個還沒擺平，海蒂接著大聲宣告：「我大便了！」不得已，只好放任諾諾號哭充當運動；幫海蒂清潔完畢，讓她在浴盆中玩水；又奔出抱起諾諾哄睡。就當諾諾嚎哭將止之際，忽見海蒂私自從浴盆脫逃，全身光溜溜、溼淋淋地奔到客廳來。經過這一驚，諾諾又大聲哭將起來，阿嬤真恨不能有三頭六臂抓人。

經過這一險象環生的折騰，阿嬤才更確知兒子跟媳婦的辛苦（尤其是媳婦），養兒還不知父母恩，當了阿嬤，有時間旁觀後，才確然知曉。

2Y6M 阿嬤妳怎麼可以這樣！

阿公阿嬤帶著海蒂搭乘高鐵回台中。台北到台中，經過的隧道特別多。幾個隧道過後，海蒂悄聲跟阿嬤說：「它好辛苦。」阿嬤問：「誰好辛苦？」「它呀！」她敲著窗櫺說：「車子啊！一直衝出去。」阿嬤還來不及反應，她接著說：「我們來一起幫它加油吧！」於是嬤孫兩人緊握拳頭一起低聲喊：「加油！加油！」然後，高鐵彷彿聽到嬤孫兩人的加油似的，衝進又衝出一個個隧道，海蒂顯得很開心，覺得自己加油有功。

一路上，海蒂好High，坐在靠窗的位置，一直仰頭望向窗外，不停驚訝地問：「像叮噹叮噹一樣的東西為什麼一直掉下來？」阿嬤搞不清楚她說什麼，彎身下到跟她一樣的高度也勾著眼朝上看，才豁然開朗。

原來高鐵的電線桿沿路豎立，電纜線高高低低的，很像吉他上的琴弦；車子一直急速往前奔去，電纜線就彷彿從上方直落到後方去。阿嬤真的很難跟她解釋這種視覺上的差異，只好跟她說：「高鐵的電線也想唱歌呀！」

說到唱歌，她可樂了。一首一首的，細聲唱著，唱得開心，還翻身下椅，面朝著阿公阿嬤，督促共襄盛舉。阿嬤只提醒她，高鐵上不要大聲唱歌，會吵到別人。容或如此，她的又唱又轉的天真模樣，還是引得隔鄰的乘客頻頻跟她微笑打招呼。到烏日站下車時，斜後方的乘客還特別伸出頭來跟她說：「好可愛，小妹妹好會唱歌哦。」她倒大方地跟所有微笑以對的乘客揮手道別。

阿嬤發明了一款新遊戲，讓海蒂倒坐在書桌前的旋轉椅上，抓住靠背，阿嬤幫她左右旋轉，隨著音樂唱歌：「拔蘿蔔！拔蘿蔔，嗨喲嗨喲拔蘿蔔……」她格格笑個不停。

阿公跟她說：「明天加拿大姑姑要來找妳玩，我們得早點睡，免得太陽公公都上班了，我們還起不來。」可能是上回加拿大姑姑的表現太好，海蒂企盼著跟她見面，居然乖巧地在最後一輪拔蘿蔔唱完後，讓阿公幫她刷牙，再換上睡衣跟阿嬤上床睡覺。

以為海蒂已安然入睡的阿嬤，因為電腦工作尚未完成，偷偷在她入睡後爬起來。剛剛著裝完畢，坐到電腦前，海蒂忽然翻身起來，端坐著厲聲指斥阿嬤：「阿嬤！妳在做什麼？妳怎麼可以這樣！」阿嬤被當場抓包，簡直魂飛魄散，期期艾艾辯解：「阿嬤只是起來關電腦，阿嬤忘了關……」趕緊又一頭鑽進被窩裡，完全不敢動彈。

3Y 阿嬤跟阿嬤家的牆壁比較熟

阿嬤一向胡塗，讓海蒂指正也不是第一回了。一次，從東區吃過晚餐回家時，舉家散步到復興Sogo搭乘204公車。車上乘客不少，前方的博愛座上已無虛席。立即有一對男女朋友起身熱心讓座，海蒂說完「謝謝！」入座後，馬上尋找安全帶認真繫上，那位讓座的女生嘖嘖稱奇，讚美海蒂：「小妹妹好漂亮！而且好守交通規則欸！真棒。」海蒂不好意思地道謝。座位前的立桿上，正好有一枚下車的拉鈴。海蒂的爸拔站在前方，看海蒂欣羨的眼光，體貼地跟海蒂說：「等會兒下車讓妳按鈴吧。」海蒂興奮極了！

快到站了，阿嬤幫海蒂解開安全帶，扶住她按鈴，然後跌跌撞撞拉著海蒂走向前方下車，到了前門，才想起忘了取出悠遊卡。趕緊將海蒂遞給先行下車的阿公，然後開始埋頭在包包內尋找，直到該下車的都下車了，才找到，狼狽道歉並刷卡下車，搞得滿頭大汗。

先被阿公領下車的海蒂在回家的路上跟阿嬤說：「阿嬤今天好丟臉，讓司機伯伯等了好久，才找到車票。」阿嬤說：「是啊！阿嬤要回家閉門思過。」海蒂問：「什麼是『閉門思過』？」阿嬤回：「意思就是要面對牆壁罰站。」海蒂好同情，跟阿嬤說：「那阿嬤跟我們回家吧！阿嬤可以在我們家的牆壁前面罰站。」海蒂一點就通，看來她對「對著牆壁罰站」很在行。

阿嬤啼笑皆非，只好跟海蒂說：「阿嬤還是回自己家牆壁前面罰站吧！阿嬤跟阿嬤家的牆壁比較熟。」海蒂說：「這樣哦？」

3Y4M 一視同仁的糾舉

海蒂像糾察隊一樣，不管阿公或阿嬤犯錯都一視同仁糾舉。一次，阿嬤Google到台中的大墩文化中心兒童館有許多遊樂設施，由阿公開車，打算帶海蒂去盪鞦韆、溜滑梯、坐翹翹板。途中，在十字路口等綠燈之際，阿公取出地圖找路，坐在後座兒童椅的海蒂立刻出言警告：「阿公！你開車的時候，不要看報紙了吧。」阿公被糾正，訕訕然放下。

阿嬤摸到海蒂的軟軟的小手，跟她說：「妳的手好細好軟，摸起來好舒服。妳摸摸阿嬤的看看。」海蒂也學阿嬤的動作摸摸阿嬤的手心，阿嬤問：「細細的還是粗粗的？」海蒂說：「粗粗的。」阿嬤問：「妳知道阿嬤的手為什麼粗粗的嗎？」阿嬤企圖將原因導向含辛茹苦或努力做飯等方向，沒料到海蒂答得好快：「阿嬤的電腦打太久，所以手變粗了。」

晚上，拆了玩具找阿嬤一起玩，阿嬤沒空。海蒂跑去沙發上仰躺，嘆了一大口氣說：「我好無聊，海蒂都不陪我玩。」阿嬤納悶這是哪招，海蒂解釋：「現在我假裝是娃娃！阿嬤假裝是海蒂。」怎麼？居然用這樣的間接策略來嘲諷阿嬤，未免太迂迴了！

接著去找阿公，阿公正打開電視看新聞。海蒂又潛來阿嬤這邊，偷偷跟阿嬤說：「妳知道阿公在做什麼嗎？」阿嬤還沒回答，海蒂笑著悄悄告訴阿嬤：「阿公變成電視兒童了。」

3Y5M 是阿嬤自己說的

吳三連基金會來信索取生活照十數張左右，說是要登載於贈獎典禮手冊上。阿嬤思來想去，總要跟文學有些關聯的，於是，除了挑選在國圖朗讀或新書發表等的照片外，忽然想起曾經有學校寄來一張兩千餘人聽講的壯闊場面照，希望能產生「不負獎金厚重」的觀感，畢竟八十萬元不是個小數目。

過了幾天，主辦的先生寄來手冊的校對稿，讓得獎人分別看看有無失誤或須增刪。阿嬤正在電腦上校對著，兩位小孫女趨前來跟阿嬤「葛葛纏」，阿嬤乾脆把她們抱上來，讓她們看看阿嬤那些風光的照片。

兩位小孫女以為只要阿嬤一出門，就是去演講；而每回演講回來必攜帶禮物，或咖啡或餅乾或什麼特產，阿嬤怕兩位小孫女誤會阿嬤所謂的「演講」，就是去拿糖果、餅乾回來。因此，來個隨機教育，將畫面定格在那張壯闊的演講照片上，指著照片遠方講台上的人跟她們說：「講台上這個小小的人就是阿嬤，這是阿嬤去演講的照片，很厲害吧！很多人都來聽阿嬤講話，阿嬤很辛苦的。」感覺兩個小孫女瞬間對阿嬤起了敬佩之心。

今日，阿嬤實現早上「有乖乖睡午覺就帶出去吹泡泡」的諾言，要帶她們出去吹泡泡、逛中正紀念堂。海蒂跟到更衣間問：「阿嬤，妳在做什麼？」阿嬤說：「換衣服啊！帶妳們出去，總要穿件像樣的衣服。」海蒂忽然語出驚人：「阿嬤是很厲害的人。」

阿嬤吃了一驚問：「阿嬤有什麼厲害？」她認真地說：「阿嬤會演講，很厲害的。」阿嬤龍心大悅，以為她不小心在哪裡風聞了什麼好評，陶醉地問：「妳聽誰說的啊？」海蒂天真地回答：「是聽阿嬤自己說的啊！」

3Y5M 隱惡揚善的做人道理

兩個小朋友在家的假日早晨，真是兵荒馬亂。書本撒了一地、拼圖掉落四方、餅乾屑紛飛各角落，人生一整個混亂。

阿公託辭要去取藥，率先叛逃，留下難堪的局面給小姑姑跟阿嬤收拾。阿嬤尚困在早晨的關卡裡，就開始為下午的生涯畫大餅，說如果有人乖乖睡午覺，下午將可以去中正紀念堂吹泡泡、餵小魚。

諾諾不聽這一套，還是胡作非為；海蒂則開始追究：昨晚阿嬤所說的變形術，她怎麼都沒有在夢裡感受到。阿嬤辯稱：「明明昨晚阿嬤就有變啊！阿嬤不是讓妳穿上漂亮的拖鞋？讓爸爸媽媽陪妳？還讓玩具小熊在夢裡去拉妳的手，保護妳嗎？難道牠貪玩沒去保護妳？這隻小熊真糟糕，我得找牠算帳去。」說完，趕緊趁機閃人。

躲進後陽台呼吸新鮮空氣的阿嬤，忽然一眼瞧見新買的好神拖拖把，決定用體力替代腦力，開始拖地，清理屍橫遍野的戰場。

正當汗流浹背之際，電話鈴響，只聽小姑姑吱吱喳喳說了一段。阿嬤問，姑姑說是阿公來問做飯了沒？若沒，他可以就近帶便當回來。阿嬤問姑姑：「妳有沒有告訴阿公說我正在辛苦拖地？」小姑姑說：「沒有，我只告訴他就帶便當回來。」阿嬤很不滿，責問：「妳為什麼沒告訴阿公我在拖地，妳真的很不會做人嗳，也不會隱惡揚善一番。」

小姑姑覺得無端被責備，有點不開心。海蒂代為打抱不平，問為何要跟阿公講拖地的事？阿嬤說：「要讓阿公知道阿嬤很賢慧，不是閒閒沒做飯，而是做了難度更高的掃地工作，這樣阿公才會更愛阿嬤。」

還不到三歲的海蒂蹙著眉，搔搔頭，走開；一歲多的妹妹諾諾也皺著眉，搖搖頭，走開。不是阿嬤多心，兩姊妹的表情不約而同都是「阿嬤怎麼那麼幼稚！」的表情。

阿公阿嬤被小孫女啟蒙了

1Y10M 小孫女啟蒙了生性閉俗的阿公

三點左右的師大操場，有三三兩兩的人在跑道上快走健身，海蒂迎著微風，在跑道上唱歌、跳舞，經過身邊的運動中的阿公、阿嬤、阿姨、叔叔看到她的可愛模樣，都忍不住跟她打起招呼或再三回頭微笑。

海蒂背著她心愛的貓頭鷹背包，蹦蹦跳跳兼擺腰扭臀，也督責一旁的阿公阿嬤跟小姑姑：「一起，陪。」阿公阿嬤跟小姑姑只好奉陪，她點歌：「哥哥爸爸」大家就唱〈哥哥爸爸真偉大〉；說：「走走走」大家就唱：〈一同去郊遊〉；一句「啊哈哈」，大家就知道改唱〈哈哈笑〉；「飛機」一聲，立刻改唱〈造飛機〉……。阿公說他一生從來沒那麼開放過，居然在大庭廣眾下生澀地跳舞，一點也不害羞，小孫女啟蒙了生性閉俗的阿公。

2Y6M 阿公真糟糕

接近中午時分，阿公阿嬤帶著海蒂回台中。海蒂一路高興地唱歌，用著兒歌的旋律，自創新詞，詞曲協調，非常具創意。海蒂具有強烈的求知慾，這趟高速公路上的旅程學會了「隧道」和「護欄」二詞，且深究「護欄」的功用。

好不容易花了兩個鐘頭回到大門口，阿公摸了摸袋子，臉色霎時慘白，原來忘了帶老家的鑰匙。海蒂問：「為什麼不下車呢？」阿嬤說：「阿公忘了帶鑰匙了，我們進不去家裡了。」海蒂想了想也跟著說：「我也忘記帶鑰匙了，怎麼辦？」踟躕再三後，決定去榮總找正在看醫生的姨婆拿鑰匙。小孫女皺著眉頭說：「阿公真糟糕。」

折騰了許久後，終於進了家門。阿公從台北攜回一只即將淘汰的電子鍋，海蒂可樂了，拿來煮從院子裡摘來的小金桔，不厭其煩地煮了又煮，阿公阿嬤還有隨後回來的芝加哥姊姊都吃了又吃。

姨婆帶來的小毛帽有兩條假的小辮子，海蒂戴起來好可愛。阿嬤幫她照相時，她奔來跑去不願意面對鏡頭。阿嬤說：「因為太可愛，想Po在臉書上給大家看，既然妳不願意就算了，阿嬤Po自己的照片好了。」

海蒂想了想，又願意了，對著鏡頭擺姿勢，笑得好假。拍完後，她說：「換阿嬤戴帽子，我來拍阿嬤。」這次輪到阿嬤跑得飛快，小孫女追著阿嬤，幫著阿嬤戴帽子，也為阿嬤拍下了留小辮子的照片。

2Y6M 阿嬤講話也要排隊

海蒂跟阿公阿嬤報告逛市場的經歷：「今天姑姑帶我去市場買髮夾，還坐了小火車……」阿嬤插嘴建議她：「姑姑對妳這麼好，妳有沒有謝謝她？」海蒂沒回答，逕自接續下去：「後來還坐了摩托車，小豬的電動車……」阿嬤沒死心：「妳有沒有聽到阿嬤在問妳『妳有沒有謝謝姑姑』？」海蒂忽然朝阿嬤大聲說：「請妳先聽我把話講完好嗎？講話是要排隊的。」阿嬤吃了一驚，趕緊說：「對不起！那妳請先說完。」阿嬤閉嘴專心聽她把話講完後，再問：「妳有沒有謝謝姑姑？」她也乖順地回說：「謝謝姑姑。」

「三人行，必有我師焉。」當天阿嬤又學了一課，即使是跟小朋友說話，也是要遵守秩序排隊的。

3Y3M 不時吐出甜蜜的語言

今日見面，阿公阿嬤小姑姑和海蒂四人都好開心。愉悅的心情全寫在吃食上，海蒂把阿公添的飯菜都吃光光，還吃了好些個台灣大哥大餽贈的高級日本靜岡葡萄。

幫海蒂洗過澡後，居然找不到合適的衣服換上，不是太小就是太厚。阿嬤跟小姑姑立即付諸行動，帶著海蒂去永康街附近的童裝店買衣服。阿嬤任憑海蒂自己挑選，小女生和老女人的眼光大不相同。海蒂看上的，大多是有蕾絲或蓬蓬袖、蓬蓬裙的，阿嬤雖然都皺眉頭，但也尊重穿者的意願，畢竟衣服是穿在她身上的，總要挑她喜歡的。小姑姑今日也很歡喜，闊綽地加碼購買，給小姪女添購行頭，海蒂穿著像是要上舞台表演的小粉紅衣裙，高興得合不攏嘴。

去與回的途中，海蒂總緊緊握住阿嬤的手，不讓小姑姑牽。回程時，小姑姑又想牽她的手，海蒂仰頭問：「姑姑，妳的手不是痛痛嗎？」原來海蒂還記得小姑姑受傷的手，怕她會拉痛了姑姑。姑姑聽這一解釋，對海蒂說：「姑姑以為妳不喜歡姑姑了，好傷心，原來是心疼我，姑姑太感動了。」

下了公車，往家裡方向走時，阿嬤和姑姑決定要給阿公一個驚喜，讓海蒂在「請海蒂出場」聲中進門。阿公頗知道如何湊趣，大聲讚歎：「真像公主一樣，好漂亮。」讓阿嬤大為感嘆。有了孫女後，阿公變成一個嶄新的人，一向吝於稱讚妻子、兒女的嘴，不時吐出甜蜜的語言。

輯八

諾諾來了

弄孫心得

諾諾6D、海蒂1Y10M 諾諾跟大家請安！

第二個小孫女諾諾趕著跟阿嬤的身分證上的法定生日同一天出生，分明是要提醒阿嬤記住：「我也是阿嬤的心肝寶貝。」看到諾諾的剎那，大家都驚呆了，竟和海蒂落地時神似。海蒂的媽媽並列兩人出生時照片Po在臉書上，要大家猜猜哪個才是新生的寶寶。因為在同一家醫院生產，抱著出生嬰兒的媽麻，穿著同花色的睡衣，大家還以為媽麻惡作劇，故意拿同一個娃娃照片唬人。

那些天，海蒂暫居阿嬤家，每日兩回散步往來醫院，和阿公阿嬤一起健身，顯示了做姊姊的毅力。姊姊的語言能力越來越好，偶爾累了會說：「走不動。」每日夜裡來回醫院那一趟，總不忘跟天上的星星和月亮打招呼並說說話，學會的語彙越來越豐富，跟月亮講的話，越來越長，也越來越深情。

媽麻很注意海蒂的情緒變化，不讓她因新成員的加入而感受到被忽略；海蒂則對妹妹的小腳丫忒感興趣，媽麻笑說莫非有戀足癖，老想掀開來看看。諾諾跟姊姊小時候一樣，哭起來下

巴抖動得厲害，海蒂看了後，大半天還叨念著：「妹妹嘴巴抖抖。」然後用手撥動自己的下唇模仿。

媳婦從醫院回家後，阿公阿嬤去探望辛苦的媳婦和諾諾、海蒂。媳婦和海蒂正在休息，月嫂正給諾諾餵奶，見阿公阿嬤來了，貼心地在奶瓶裡留了些奶讓阿嬤餵。諾諾很合作，唏唏嗦嗦，沒兩下子就將奶喝個精光，小嘴還意猶未盡似的做出吸吮的動作。

飯後，諾諾睜開眼，和阿嬤阿公正式打照面。兩天不見，諾諾似乎成熟了許多，彷彿聽懂似的回應著阿嬤的問候，時而微笑，時而打呵欠，阿嬤鄭重地跟她照面溝通：「諾諾跟姊姊海蒂都是阿公、阿嬤的最愛！以後請多多指教。」諾諾睨了我一眼，「咯」了一聲，阿嬤把它當作諾諾「知道了！」的回答。

1M 滿月的日子

諾諾今日滿月，她媽麻說：「早產幾日，看起來小了點，不如等到六月初姊姊生日再一起慶祝。」於是，阿公阿嬤及小姑姑都滯留台中老家。

阿嬤忽然失聲，早上意外早起，四點多在園子裡試音，被自己發出的弱音嚇到。直到中午，依然如故，只好用著奇怪的聲音打電話祝福諾諾。媽麻在電話那頭聽到阿嬤的怪腔怪調，毫無同情心地發笑，惹得大家都不禁笑了。

諾諾的滿月這天，阿公有驚奇的發現。他修剪大門圍牆邊的四方竹時，忽然「轟」的一聲有物落下，撥開竹叢，竟然發現一顆巨大瓠瓜傻頭傻腦呆坐其間，想來無端利剪當頭落下，瓠瓜也被嚇了一跳。

趕緊取來磅秤一量，乖乖！這顆躲在竹叢間的瓠瓜居然接近十斤，而且在諾諾滿月這日被找到，分明是專程挑時間給諾諾祝賀來的。

園子裡，百花盡斂，只剩了雞蛋花一枝獨秀；但是瓜果結實，堪稱累累。百香果完成階段性任務，阿公已將藤蔓剪除；茄子、芒果開始秀出成果，讓人看了好不歡喜。希望諾諾跟海蒂一樣，也都健健康康長大，智慧加長、活潑快樂，媽麻爸拔則必然更加辛苦，甘芭茶！

2M 聽故事聽得出神

諾諾今天的睡覺時間明顯減少，吃奶時間拖得很長，啼哭的力道也增強，但已經會回應阿公阿嬤的逗弄，笑起來超可愛的。雖然還不會言語，肢體語言已經非常豐富，今天聽阿嬤說故事還聽得出神。被阿公抱著，眼神已經能夠跟上阿公翻動的繪本書，上上下下、左左右右地移動。

海蒂的爸拔說，以後，因為工作的關係，姊妹倆可能會有更多的時間送回阿公阿嬤家了，阿嬤一則以喜，一則以懼，可以和兩個可愛的小孫女常見面固然開心，但老人家得努力培養體力，維持健康，否則怎能跟一身活力的兩個小娃兒奮戰！

3M 抱著諾諾的感覺真是越來越甜蜜

昨晚，全家聚餐後，阿公忽然想起那兩頂為海蒂製作的假髮。姑姑馬上從儲藏間翻出，為諾諾戴上。雖說兩姊妹長相神似，但戴上假髮後，卻感覺有很大的不同。

這次隔了幾日再見到諾諾，發現她的成長進度也很可觀。對著大人的逗弄，會發出各式的回應，或格格發笑或咿咿哦哦地試圖說話，手舞足蹈，煞是有趣！

昨晚，諾諾回家後，阿公自我反省後說：「我也得專門為諾諾製作一頂假髮，免得讓諾諾覺得阿公偏心姊姊而萌生老二情結。」

阿嬤說：「應該不會吧！諾諾長得好健康，感覺脾氣挺好的，一副親和的模樣，不像海蒂般烈性且會耍心機。」最後，阿公和阿嬤都一致同意：「抱著諾諾的感覺真是越來越甜蜜。」

6M 口沫橫飛的讚美

昨夜，小姑姑看了潘重規教授的詩抄，忍不住用毛筆將它寫了下來，拿到書房來獻寶。正趴在阿嬤胸前哭泣的諾諾，看見了展開的宣紙上的大字，忽然挺直了身子，目不轉睛地賞鑑。

小姑姑興致來了，念了紙上的詩，諾諾聽得仔細。一不小心，宣紙一角掉落，諾諾的眼睛還跟著紙張往下看。

阿嬤說：「諾諾！姑姑的字寫得好看嗎？如果覺得好看，就請滴一滴口水下來吧！」諾諾的口水居然毫不猶豫地應聲滴了下來。「字好看是受到諾諾肯定了，但是諾諾喜歡嗎？諾諾若是喜歡，就請再滴一滴口水吧！」諾諾真捧場，立馬又滴下一排口水，舉家歡呼，小姑姑得意地捧著那張大字走出書房。

諾諾望著小姑姑的背影，忍不住又滴了一排口水下來。正值口腔期的她，最近可能正準備長牙。

7M13D 連續三日弄孫心得

連續三日弄孫心得，一言以蔽之，累。這是嚴重的體力測試戰，前兩日兩位孫女同時來，昨日，孫女的爸媽唯恐老人家吃不消，留下諾諾，將海蒂送去外婆家。

諾諾年「幼」力強，什麼事都沒在怕的，光是換個尿布，便得一人架著她的手腳，一人專責包尿布。先前不知厲害，一人跟她奮戰，完全不是她的對手。她勇毅翻身，無人能敵，腰力之強勁，真讓阿公阿嬤嘆為觀止。

想玩的時候像脫兔，衝過來、衝過去，完全顛覆姊姊海蒂害怕跌倒的小心翼翼，真是肆無忌憚。想睡的時候，嚎啕大哭，聲震屋瓦，阿公阿嬤好怕鄰居以「疑似虐待嬰兒」報警。睡飽之後，笑臉迎人，一副心滿意足狀，逗她時，笑聲也毫不保留。喜歡跟阿公阿嬤玩扯下罩頂毛巾的遊戲，阿嬤喊：「一二三！」她的臉就先開出一朵花似的，阿嬤把毛巾罩住她的頭，她奮力取下時，笑得好開心、好驕傲，這遊戲百玩不厭。

三天下來，充分證明，長阿嬤三歲的阿公果然體力較差，總在小孫女還沒睡著前，他便呼呼睡去；小孫女尚未回去前，便疲態盡露，頻頻喊：「腰痠背痛！」只差沒不支倒地。阿嬤果然年輕！

10M4D 諾諾的第一個除夕夜

歡樂的除夕夜。闔家歡聚外，小哥和學生都應邀前來吃年夜飯。雖然仍是慣吃的飯菜，意義大是不同，所以，格外開心。家中有稚齡小孩，真是熱鬧非凡，且笑且啼，只差沒鬧得雞飛狗跳。

家裡的清潔阿姨上星期四來過後就休假去了，媳婦清掃整理過自家家務後，晚上回來，又不辭辛勞，用吸塵器幫阿公阿嬤的房間清掃一番，真是過意不去，也感謝不已。

小朋友穿了可愛的小衣來拜年，諾諾穿著姊姊穿過的衣服，照出來的相片竟然和姊姊當年好相似。媳婦找了張角度相似的截圖，當時姊姊十個月又二十三天，妹妹十個月又四天，姊姊顯得削瘦些，五官很接近。

諾諾長大了，喜歡笑，勇於哭，原本以為是個較姊姊溫順的孩子，誰知也是個烈性女子，哭起來摧枯拉朽的，激烈程度毫不遜色。

11M 連叫了七次「嬤」！

昨午，去嘉義演講回來，兩位孫女已在家引頸盼望。

諾諾在三月中旬時，已學會叫「嬤！」那日在廚房裡做菜，阿公跟諾諾坐在桌前陪伴。阿嬤拿著鍋鏟，趁著燜著紅燒魚的片刻，教她說「嬤」。把嘴唇抿著，然後打開，諾諾和海蒂當年一樣，也是先看阿嬤示範的唇型幾次，然後，忽然石破天驚地喊出「嬤！」，響亮的。阿公阿嬤驚喜莫名，拍手鼓勵，她眼睛認真看著阿嬤一口氣連叫了七次，讓阿嬤終身難忘。

11M23D 阿公最感得意的事

昨日，瞞著海蒂帶諾諾回老家，心裡著實有些過意不去。

晚上打電話去探問反應，媽麻說：「倒還好，只說想念妹妹，而且自我安慰說『下一次就輪到我了，沒關係』。」阿嬤總算放下心來，終究是個講理的小孩。

諾諾一路昏睡回台中，醒來時跟阿嬤微微笑著，精神看來好極了。無論洗澡、遊戲、吃飯、睡覺，諾諾都比海蒂合作，原先阿嬤擔心可能有些適應上的困難，畢竟是第一次單獨和阿公阿嬤出遠門；但她看起來還滿怡然自得的，一點也不彆扭。晚間九點喝了奶就睡翻過去，直到次晨九點，阿嬤一睜開眼睛，就看到她正微笑著望著阿嬤。

諾諾除了會叫爸、媽、姊姊外，已會叫「嬤！」也會指著電腦上的小狗說：「狗狗」；會對著阿公張開雙手說：「抱抱」；也會抱著娃娃輕拍，意思是「惜惜」；抱起**Hello Kitty**親她的臉；還會玩樂器遊戲，然後扭腰擺臀；最喜歡玩假笑、假睡的把戲。唯一的遺憾是，還不會叫「阿公」，阿公引為當下的最大憾事。

但是，諾諾好喜歡阿公，這一點讓阿公滿意極了！一眨眼不見了阿公，就四下張望；睡覺前搔首撓耳時，也是哭著找阿公。阿公的肩膀就是她趴睡的安心所在，這是阿公最感得意的事。

11M23D 電腦諾諾

諾諾在老家的適應，比預想中更容易。

早上醒來，吃過早餐後，由阿嬤推著娃娃車去認識花草樹木；回來後，跟阿嬤一起唱歌跳舞，玩得不亦樂乎。阿公則趁此機會灑掃庭除，剪舊枝、掃枯葉，搞得一身汗淋淋。

午餐過後，阿嬤抱著她，玩旋轉椅遊戲。阿嬤小心翼翼地抱著她坐在電腦前的旋轉椅上，一邊跟諾諾說：「轉啊轉的，轉啊轉的。」左右各轉不到三圈，低頭一看，諾諾已經陣亡，一睡兩個鐘頭。

睡過午覺，輪到阿公推著娃娃車出門逛逛。鄉下地方，可逛之處甚多，只是蚊蟲也多，防不勝防。雖有庭園，也不敢讓她在園子裡待太久，蚊子狡猾得很，也挺無品的，專挑嫩的、弱勢的下手。嬤孫兩人多半只待在廚房的落地窗前，遙看阿公推草剪枝。

這孩子不像海蒂，似乎完全沒有分離焦慮。成天笑呵呵的，但也並非沒有脾氣。中午因為吃飯不認真，阿嬤生氣地瞪她說：「阿嬤生氣了，哼！」把哼字拉得長長的，諾諾還跟阿嬤表情凝肅地對峙了好幾分鐘，一點也不認輸。其後，阿公抱過她去，阿嬤想抱回來，她就硬是不肯屈服。直等到阿嬤坐在電腦前，說盡好話然後伸手抱她，她懾於電腦的魅力才勉為其難。海蒂稱呼阿嬤叫電腦阿嬤，全家人稱呼諾諾為「電腦諾諾」。

這娃兒十足是個3C產品的愛好者。只要拿到手機，就開始滑動，要自拍，要唱歌。只要看到阿嬤拿起攝影機，立刻舉高雙手喊：「耶~耶！」姨婆打電話來時，手機正好在她手上，阿嬤怕她亂按，取過來接電話，她覺得被侵犯了似的嚎啕大哭，她也想接電話，真是傷腦筋。

11M30D 沒在怕的！

諾諾明日即將滿周歲，明顯看到她已逐漸了然人事的競爭法則，而且也毅然投身競逐，沒在怕的。

小妹妹的加入，讓姊姊又愛又恨，危機感陡增。所有的玩具固守之不及，每樣都變得無比珍貴。妹妹拿，姊姊搶回，分享的道理只停留在口頭言說，比較像是以前課本裡的反共復國標語，是用來展示虛偽的善意用；真正進入叢林遊戲，剎那間，嗜血的物競天擇生態畢顯，小朋友也不例外。

爸媽和阿公阿嬤天天熱血鼓勵分享的道理，無奈成效著實有限；不得不改弦易轍，買東西時，煞費苦心，既然以前的玩具都屬於姊姊，那麼現在多買一些給妹妹？不行，敏感的海蒂即刻感受失寵的痛苦，只差沒落淚了。

那麼，姊姊妹妹各一份，等閒不敢輕忽公平正義原則，卻仍舊問題重重。妹妹還是想玩玩姊姊的，姊姊的眼睛也常落在妹妹的玩具上。姊姊會說話，占優勢：「諾諾，玩具跟姊姊分享好嗎？」姊姊和悅地問。妹妹什麼話也不會說，話語權盡失，因為姊姊馬上轉頭跟阿嬤說：「諾諾說可以。」阿嬤說：「諾諾說可以了嗎？阿嬤怎麼沒聽到？」姊姊機靈回答：「諾諾沒有說不行啊。」

阿嬤說：「既然如此，那妳也該讓妹妹玩妳的玩具。」姊姊東挑西揀，挑了個最不起眼的放妹妹手裡。妹妹才不要，棄之不顧，以迅雷不及掩耳的速度直接搶攻，姊姊以優勢的靈活度護物，一邊還以媽媽的口吻訓斥：「諾諾不乖！不可以搶姊姊的玩具。」妹妹沒能得逞，直接搞破壞，敲桌子不足，有時乾脆全盤摧毀，來個玉石俱焚；姊姊則常常退縮回嗲聲嗲氣的嬰兒期以乞憐。

沒在怕的！諾諾已經挺身投入戰場。一二三，請準備：姊姊，請接招囉。

相認密語

1Y 轉出了幸福轉出了愛

今日是諾諾的生日，也是阿嬤的生日。晚上，和親家聚餐同歡，兩家九個大人兩個小孩，開開心心在「雞窩」慶生，海蒂像是她自己過生日般，又是唱生日快樂歌，又是吹蠟燭，又是切蛋糕、吃蛋糕。不但大快朵頤，破了不讓吃巧克力蛋糕的戒律，還跟兩家的阿公阿嬤不停地用水壺乾杯。阿嬤送了諾諾生日禮物，怕海蒂吃醋，也沒忘了為她買一份，得到禮物的理由是：「姊姊有很努力照顧妹妹，阿嬤特別送禮物感謝。」

諾諾中午就來了，右眼下方腫了個紅色大皰，好不嚇人。昨天傍晚一起去逛大稻埕前，諾諾先跟爸媽到咖啡店談事情，在娃娃車上睡了一覺醒來，居然下眼瞼下方停了隻黑色大蚊，直到又睡了一晚起床，被咬過的地方才腫起大皰，豈不神奇！眼睛下方又紅又腫的諾諾，可沒受到蚊子的威脅，照樣呵呵地笑著。

午睡時，在床上玩假睡，阿嬤哼唱的催眠曲還沒結束，她就已經掛點，真是乖順極了。睡足三個小時，阿嬤怕影響晚間的睡眠，從書房裡吆喝阿公幫忙去吵醒她。以為她會不開心，豈知她被包在大嘴猴的軟被內抱出時，一整個神清氣爽。

諾諾先是坐在沙發上，倚在阿公身旁，狀至撒嬌。阿嬤湊過去時，她瞬間眼睛發亮，笑著躲進阿公的懷裡，又探出頭來窺伺。阿嬤說：「親親阿嬤吧。」她湊過嘴，嘟著讓阿嬤親吻，還跟阿嬤玩叩一下頭的遊戲，時不時又趴在阿公的胸前撒嬌，簡直把阿公樂得！

阿嬤伸出左手食指，諾諾立刻心領神會，用右手緊握阿嬤的左手食指，嘴巴「AAA，AAA，AAAA……」地跟著阿嬤哼唱起〈紅河谷〉的旋律來，讓阿嬤帶著她跳旋轉舞，笑得好開心，這是最近期間阿嬤跟諾諾最佳的默契。

阿嬤累了討饒，阿公接續上場，轉啊轉的，轉出了幸福轉出了愛。接著，打開她和姊姊慣聽的《誰要跟我去散步？》（小天下）CD，阿嬤就抱著她打開繪本，她也學姊姊，胖胖的小手指在書上點著歌詞，佯裝看懂地跟著旋律點來點去的。

阿公跟阿嬤咸認這個屬於阿嬤和孫女的生日午後，是人生最溫暖動人的時刻。

1Y1M10D 黑白天鵝

昨日甥兒的婚禮晚宴在寒舍艾美舉行，闔家總動員，海蒂和諾諾雙姝也共襄盛舉。她們的娘將兩位小傢伙分別打扮成黑、白天鵝，可愛爆表。

海蒂一向不喜人多嘴雜之處，在豪華挑高的宴客廳裡感覺有些失措，看到阿公阿嬤，竟然也躲到媽媽的背後去，連叫一聲都不肯，阿嬤雖然有些失望，卻也隨她去。一直到冰淇淋上來時，她才開始融化，興奮地吃著Häagen-Dazs冰淇淋，也願意隨著音樂搖晃裙襬，可惜宴會已然進入尾聲。

諾諾則不然，才一會兒工夫便玩開了，和阿嬤在一旁隨著音樂節奏跳舞。上菜後，她咿咿啊啊的，指東指西，指著桌上的一盆玫瑰說：「花。」仰頭看著天花板上的點點燈光興奮地手舞足蹈；當歌手唱完一首歌，賀客拍手時，她也不落人後地拍紅了手。她興奮地東張西望，偶爾還不忘跟附近的小朋友揮揮手，直到力氣用盡，才倒在阿嬤的肩頭睡去。

1Y2M「怡然自得」的諾諾

原本想帶著諾諾搭高鐵回台中的，兒子遊說還是開車回去，因為又有行李，又要抱小孫女，就算下高鐵後搭計程車回潭子，但上下高鐵，還是問題重重。

阿嬤大著膽子，在約莫諾諾可能午睡的時間上路，竟然一路順利極了。她先是在平面道路上吃餅乾，到五股交流道前，阿嬤把車停到路邊，給她補充水分後才上高速公路。她還真乖，一直睡到下高速路才微笑著醒來。

阿公等在門口，諾諾欣欣然被迎接。阿公獻寶似的抬出腳踏車，已然學會自行遊走的諾諾先還有些膽怯，沒兩分鐘便大膽推動車子前進退後。她好像被自己的能耐感動了，叫阿公阿嬤：「看！」然後停下來，自己拍起手來，好不得意。

諾諾的學習能力真的太強了，適應力也頗讓人驚訝，所謂「怡然自得」大概就是這樣吧！從腳踏車下來後，便專心玩著姨婆送的音樂玩具，完全沒有「思念」這回事，這點比姊姊強多了。

非但如此，平日諾諾也開始加入姊姊的遊戲。兩人一起拼拼圖、聽阿嬤說故事，和阿嬤玩躲在棉被裡假吃東西的遊戲，諾諾很快融入遊戲中，配合著張嘴接過阿嬤或姊姊遞過的象徵食物，舔嘴咂舌吃得津津有味；模仿著，跟姊姊阿嬤一起在攤開的桌巾上快火炒菜也架勢十足，模樣煞是可愛。

1Y2M6D 相認的密語

端午吃粽團圓，海蒂和諾諾全家回來過節。

前日，一位在嘉義中正路經營砂鍋魚頭店的老闆娘宅配了一客砂鍋魚頭餽贈，今日正好派上用場；阿嬤又炒了蔥爆牛肉、綠花椰蝦仁、肉絲劍筍及A菜，再加一鍋香菇雞翅，端午的午餐就完成了。

晚間，忽然想起很久前就想要帶家人前去嘗鮮的東區一家地中海料理，擇日不如撞期，便一家七口浩浩蕩蕩前往。

上回曾跟好友們去過一回，聽說此店是白先勇先生、隱地先生及董陽孜女士等食家經常光顧的餐廳，吃過後，證實果然不錯；今日再去，家人也都頗覺滿意。登門的食客不少，看來都是熟客居多，氣氛相當熱烈。

海蒂微恙，懨懨然，原本以為胃口可能欠佳，誰知竟然吃光她碗內的沙拉和義大利麵外，還嗑掉三隻小牛排，這打破金氏紀錄的「三隻小牛排」讓她媽媽又驚又喜，海蒂還邊吃邊跟大家說：「很嫩哦！」吃完後，還老里老氣讚美自己「超神的」。

諾諾依然笑容可掬，在屋裡踱過來、踱過去的，她對貓頭鷹情有獨鍾，無論掛牆上的、黏貼在電腦旁的或書本上的，她總能很敏銳地找出來，說：「鷹！……喔！喔！」不停模仿貓頭鷹的叫聲。

阿嬤前些日子帶她回台中時，隨興用五根手指在她的腳丫子上彈奏鋼琴似的點著並唱：「**Do re mi ～ Do re mi ～ Do do re re mi mi mi！**」幾天過去了，她沒忘。看到阿嬤，便伸出腳丫子說「**mi mi！**」這彷彿成了嬤孫之間的通關密語，將來萬一失散多年，可以拿來當作相認的密語。

1Y3M 招牌的療癒笑容

阿嬤昨日黃昏自國圖演講歸來，恍若《聊齋》裡下地獄辛苦去告官的席方平，一整個疲憊。

小孫女們隨即駕臨，阿嬤在兵荒馬亂之中，又振作著趕寫了些畫展的圖說小文，隨即在小孫女的咿咿哇哇喧鬧聲中，不支地倒在書房的沙發上。恍惚中，聽到諾諾搖搖晃晃靠近的腳步聲，「嗨～」她用溫柔且有韻律的上揚聲音跟阿嬤打招呼，阿嬤無力回應：「嗨～」了幾聲後，見沒反應，她走出去。一會兒又過來「嗨～」「嗨～」「嗨～」，阿嬤掙扎著，還是沒法度。

約莫15分鐘後，小姑姑說：「來，我們出去，阿嬤太累了，讓阿嬤睡一會兒。」阿嬤悠悠醒來，諾諾露出招牌的笑容，格格笑著，跟阿嬤說：「嗨～」，那聲音如此嬌柔稚嫩、悠長可愛，阿嬤瞬間被療癒了，又恢復好「婦」一條。

諾諾已經進入掏寶期，最喜歡翻找東西，繼上次掏出阿嬤的安眠藥後，大家嚴陣以待，這次回來，居然又神出鬼沒地掏出一枚膠囊咖啡，一口咬下，膠囊瞬間被咬開，苦得她哇哇哭！

海蒂在學校學了老師的聲腔和動作。媽媽舉手說：「老師！老師！」她老里老氣把手心向上一提，說：「請說。」聲音動作都維妙維肖，把大家都惹得哈哈大笑。

1Y3M6D　久別重逢的思念

阿公阿嬤從馬來西亞回來，諾諾忽然變得靦腆地躲進媽媽的懷裡。經過約莫五分鐘的暖機時刻，昔時的記憶彷彿又回來了，竟然紅著眼眶猛地撲身在阿嬤的懷裡，哽咽著久久不肯起身，然後又轉身撲過阿公，抱著阿公，臉頰緊緊貼著阿公的胸前，好似訴說著久別重逢的思念和委屈，阿公阿嬤整個被收伏了，當下立志一輩子臣服在她的石榴裙下。

1Y3M9D 我彷彿逐漸明白了

昨日，北高聯邀請阿嬤今日午後在教育部門口舉辦的講座中，和民眾討論課綱「違」調的問題。阿嬤早先因被兒子預約了托嬰，無法應命。

剛才，雨勢忽然滂沱，阿嬤看著酣睡著的諾諾，心想著可能正在雨中奮戰的學生和群眾，忽然心下黯然。

我們的下一代到底要面臨怎樣凶險的人生，原本也非我們所能全盤掌控的；但迫在眉睫的課綱如果已是有著明顯的疑慮，為何仍是手法粗糙地一意孤行，就真的讓人費解了。疲累的抗爭，面對頑固的勢力，彷彿是以卵擊石，想起來真有些絕望！

諾諾沉沉入睡，酣睡的臉孔，有著清明的線條。她開始啞啞學語了，會不停地指著書櫥說：「開。」希望大人抱抱，然後說：「出去。」眼看著也要跟著姊姊的腳步進到體制內學習，兩人或者會牽著手一起走出家門進入學校，那時，學校將用什麼樣的教材來餔養她？把她教成什麼樣的台灣人？

做為阿嬤的我，絕不肯讓在台灣長大的她們，仍然跟我們當年一樣，只記誦大陸的東北有哪三寶，而不知台灣的竹山盛產什麼？只知道平津鐵路經過哪些路途，而不明白去日月潭該走哪一條路徑！永遠學著到不了也被禁止的地方的歷史和地理，做個伏低做小的悲傷台灣人。

失去主體意識後，台灣還算是個「國家」嗎？說是「微調」，調的是「微」嗎？背棄主體算是「微」嗎？像白紙一張的孩子，我們希望她們心中種下的是什麼樣的種籽，是永懷並複習不時威嚇我們、或演練攻打我們總統府的地方嗎？

「寧鳴而死，不默而生」，裡頭的悲愴，我彷彿逐漸明白了。

1Y3M27D 諾諾的心聲

以後，我有屬於自己的草帽了，再也不用搶阿公的。

姑姑對我最好了，心裡老想著我，去苗栗旅行，還記得為我買了這頂帽子，真謝謝她。

今早，到阿嬤家。一進門，我就找阿公；阿嬤說：「妳忘記了嗎？昨天我們回台北的時候，阿公還留在潭子老家，妳不是還往車下喊了他好幾聲？」

爸拔、媽媽去辦事，姊姊去上學，姑姑去上班，阿公留在台中，今天家裡只剩阿嬤跟我。

阿嬤一個人抵十個人，要幫我照相、跟我玩、又要做午飯，還要預備晚餐，還要哄我睡覺。我偷偷聽到阿嬤打電話給媽媽，叫他們晚上回來吃飯，還看到她偷偷看文學獎的稿子。

我煩惱阿嬤要做晚餐不跟我玩，阿嬤叫我不要擔心，只要下午乖乖睡覺，晚餐就會在我睡覺時變魔術一樣地變出來。我覺得我阿嬤好厲害！我好崇拜她！希望她多多做飯，不要老是做電腦阿嬤。

阿嬤！妳每次問我愛不愛妳，我都沒有回答，妳看起來好失望；其實是因為妳問太多次了，我回答不完，乾脆拒答，以免後患無窮。阿嬤，其實我很愛妳的，但我要偷偷教妳撇步，如果妳能讓我多看一點點電視節目，我會更愛妳。（授權阿嬤筆錄）

1Y4M7D **真叫人憐愛**

因為小姑姑發生車禍，家裡醫院兩頭忙，全家陷入兵荒馬亂；今日稍得空，立即迎回小傢伙以稍解相思。諾諾看到小姑姑吊著的臂膀及貼著人工皮的手肘，馬上趨近輕撫，嘴裡還發出「呼！呼！」的聲音，真叫人憐愛。

午飯吃得極俐落，飯前飯後的娛樂活動都極開懷，唱歌跳舞，還會學阿公說：「舒服。」小書上的動物及水果都能確實辨認了，人物也都一清二楚。

小姑姑拿出諾諾的爸拔小時候的照片比對，發現父女二人真是神似。諾諾對著爸拔的照片喊：「姊姊。」對著阿公年輕時的照片喊：「爸爸。」只有對著阿嬤正確地喊：「阿嬤。」顯見阿嬤數十年如一日，不知是先老在那裡等著，還是真的青春永駐。

1Y5M3D 完全擄獲了阿公的心

諾諾真是個無比乖巧的孩童，沒有無謂的啼哭，沒有奇怪的情緒障礙，只要醒來，一逕笑咪咪的。雖然遇到陌生的親戚，還是跟姊姊一樣頗有戒心，但預熱期縮短甚多，也不號哭，只是採取安靜的婉拒。

睡覺時間一到，只要一瓶鮮奶便能輕易安撫她。很會撒嬌，很惹人疼愛，幾天下來，風靡一干親友。她喜歡跳舞唱歌，唱歌可以抓住幾個重要的關鍵字，跳舞則完全擅場，能掌握住旋律。小小的遊戲就能讓她笑聲格格，是個很容易被取悅的孩子。

阿嬤明天在長億高中講完第五場的義講，即將北上；後天在台北市立圖書總館有一場小說《我想念我自己》（遠流）的分享會，大後天再去東吳大學講一場寫作課，接著又得回台中進行義講。

阿公竟然提議阿嬤自己北上，他可以一個人帶著諾諾在台中等候阿嬤再度回台中，免得三人舟車勞頓，這提議真把阿嬤嚇了好幾跳。阿公態度鄭重，完全沒有怯色，可見諾諾已經完全擄獲了阿公的心。

1Y5M4D 一枝棒棒糖的災難

阿嬤在長億高中演講過後，隨即和阿公、諾諾一起搭高鐵北上。

三人先從太原站搭區間車，到新烏日轉乘高鐵。從台鐵轉高鐵須經過一條長長的通道，所經之路，兩旁俱有可觀的童趣玩偶、電動車、扭蛋，招得諾諾眼花撩亂，興奮莫名。

小小的身影，穿過來、轉過去的，她跟阿嬤玩起追逐遊戲。走過投幣的電動車，諾諾站在扭蛋前抬頭用眼神乞求阿嬤成全。十元硬幣投進，一枝棒棒糖應聲落下，諾諾興奮地拍手。阿公蹲下身子，為她剝開棒棒糖，誰料這竟是災難的開始。

她邊吸吮，甜甜的糖水便順著嘴角流下，滴到衣服上、大腿上，有的則順著手臂往下竄，又黏又甜膩。阿嬤、阿公把所有的面紙都用光了，她的口水還是繼續流，而面紙全黏涕涕地沾到皮膚上。

「真是太好吃了。」諾諾的眼神告訴我。「先讓阿嬤幫妳保管吧！」阿嬤企圖阻止災難繼續延燒，諾諾可不依，將棒棒糖緊緊握住，差點又擠出糖果汁來。

一位約莫七十餘歲的老太太右手推著一個超大型旅行袋、左手拿著一大個塑膠袋，裡頭全裝滿了青菜，過來問阿嬤應從何處進入高鐵搭車。阿公抱著諾諾，阿嬤推著一口小皮箱，看到老太太行走艱難，而且搭同一班車，同個車廂，阿嬤乾脆接過她的大袋子，帶著她一起走。

老太太從草屯來，要上台北女兒家幫忙做素月餅賣。她遺憾地說：「青菜貴森森，雖然麻煩，也得帶上去台北。還有兩大包實在提未去，還放在灶腳。」她才說完，看到諾諾，急忙從另一個背包裡要掏出水來：「黏涕涕的，無用水，洗不乾淨的。」阿嬤嚇了一跳，趕緊婉謝，也從隨身包裡掏出瓶裝水，用阿公的手帕善後。妳瞧！連鄉下的老太太都看不下去了。

上了車，諾諾兩眼無神，看來已經累極了，但仍沒鬆手的意思。阿公想從她手中取過棒棒糖，她竟大聲哭出來；阿公尷尬地急忙縮手，佯裝成局外人似的。走道另一邊的一位胖老先生，想來也是看不下去，抽出包包裡的濕巾遞過來救援。

阿嬤抱過諾諾，讓她趴在肩頭。那枝棒棒糖就搭在阿嬤剛買的新襯衫上，感覺正淌著甜水，三分鐘後，諾諾才宣告陣亡。阿公悄悄從小手裡取過棒棒糖，諾諾猶然掙扎了一下，終於，護糖無力地和周公握手去了。

那位護菜北上的老太太就坐在祖孫三人的正前方，她還不放心地轉頭問：「睏去了？有用水洗手麼？」她掛心的是小朋友？還是阿嬤的衣服？

1Y7M6D 只是有志難伸，有口難言

諾諾前日回阿公阿嬤家，午後，阿公睡午覺，阿嬤為討好孫女，悄悄帶出門去買「多多」（養樂多）。

穿著帥氣的T恤和小牛仔褲走在路上，引得鄰人側目，一段短短不到兩百公尺的路，至少有六個人過來跟她打招呼，她只淡定地跟大家揮手掰掰。

一進超商，諾諾立刻熟門熟路直驅「多多」區，取了一罐，想想，再取一罐。然後抱著兩罐多多跌跌撞撞到櫃台結帳。阿嬤當她買兩罐是為姊姊設想。誰知，回家立刻喝了一罐；飯後，阿嬤將另一罐多多獎賞給乖乖把飯吃光光的姊姊。諾諾竟大聲嚎哭：「我的，是我的。嗚嗚～是我的啦。」只差沒在地上打滾了。

「我的。」是她近日最常說的，宣示主權的話，不管誰的東西，她拿到了，就變成「我的。」以為脾氣很好的諾諾，自從可以說出長串的話後，阿公阿嬤才知她壓根不是溫柔的人，她只是有志難伸，有口難言。人，不可貌相。

1Y7M19D 昨天不見

上個星期，諾諾有幾日沒來，再來時，跟阿公傾訴相思：「昨天不見。」阿公問：「不見誰？」諾諾回：「不見阿公。」阿公超感動。一連好幾天，逢人就轉述，一星期內，阿嬤聽了不下十次。簡單的童言稚語，加上大人的聯想生發，變成無敵甜美的蜜水。

前天和昨天，阿嬤出門演講去，諾諾去外婆家。今日阿嬤得空，諾諾近中午時分進門，笑得開心。爸拔下樓去後，在沙發上坐著，一邊說「愛阿嬤！」一邊埋著頭在阿嬤懷裡磨蹭；阿公羨慕地在一旁問：「阿公咧？」諾諾迅即移位到阿公身上，說：「愛阿公。」還趴在阿公胸前撒嬌，三字箴言搞定兩顆老人的心。

但大家都心知肚明，其實諾諾最愛的既不是婆婆、阿公、阿嬤，也不是爸拔媽麻姊姊，她最愛的是電腦跟手機。轉過身後，馬上問：「阿嬤的手機咧？」阿嬤說手機不見了，她立刻展開全面搜索，很快的，手機就落在她的手中。她露出勝利的歡快笑容，高喊：「蝴蝶，ㄏㄨˊㄉㄧㄝˊ。」示意阿嬤採自然注音法用google搜尋「蝴蝶」，她最愛看「蝴蝶蝴蝶真美麗」的音樂影片。

隨後，便在〈蝴蝶〉的歌聲中載歌載舞，兒童的世界真的跟蝴蝶一樣美麗。

1Y7M24D San Francisco Baby在哪裡？

諾諾的語言能力突飛猛進，一歲八個月的她，已經能和全家人對答如流，能完整表達自己的需求，也會要求大人做出配合。

譬如，她會說：「姊姊不乖，妹妹乖乖。」問她誰是妹妹？她會說：「諾諾就是妹妹啊。」再問她姊姊怎麼不乖？她會回答：「姊姊沒有吃飯，諾諾有吃飯。」實際的狀況是姊姊下課回來後累翻了，睡著了，還來不及吃。

今日一件事困住了她也困住了阿嬤。她們的舊金山阿伯先前送她們姊妹一本題為「San Francisco Baby」的童書。描寫舊金山寶寶一天的生活，從太陽升起直到夜晚來臨，英文版，有簡單的英文單字。阿嬤沒讓她們認英文字，只讓她們看其中的圖畫。海蒂小時候也看，沒啥問題；諾諾這幾天老翻到最後一頁問阿嬤：「Baby呢？Baby去哪裡？」

先前阿嬤沒弄懂她的意思，今午恍然大悟，原來她想弄清楚前面幾頁出現的幾個Baby，怎麼不見了。阿嬤告訴她：「Baby就睡在這幾間屋子裡啊？」她沒辦法做抽象思考，一整天纏著阿嬤問：「Baby呢？Baby去哪裡了？」阿嬤告訴她，這些「Z」就是打呼的聲音，Baby都睡了。

但看來她是相當納悶，怎麼都無法理解。最後，阿嬤甚至告訴她：「Baby沒有畫出來，她們躲在房子裡的床上。」她很生氣地回答：「畫出來！畫出來！」逼得下班回來的姑姑只好在紙上畫了一張小娃睡床上的圖。

剛剛睡醒的海蒂聽了，胸有成竹地指著五間屋子中最右邊那幢的三樓透光的窗口告訴妹妹：「所有的爸爸媽媽都睡著了，只有這個小Baby不肯睡，爬到窗口哭哪！」

阿嬤定睛一看，可不是！先前阿嬤怎麼都沒發現哪！

1Y7M28D 動用警察權

昨日，中午時分，諾諾由爸媽護送回來由阿公阿嬤照顧。

諾諾來之前，阿嬤正看一齣瑞典的電影，在興頭上，沒太搭理她。

她在阿嬤身邊磨蹭，露出詭譎的笑容，說：「我想看別的。」阿嬤說：「現在不行，阿嬤快看完了，看完以後才輪到妳。」她繼續磨蹭，說：「可是，我真的好想看別的，momo台，小朋友的。」口條好流利。

晚上，阿公阿嬤和海蒂、諾諾驅車南下。海蒂經過上學的疲累，不到半小時內被均衡的震動搖得倦極入睡；午後睡得飽飽的諾諾，卻一路跟阿嬤又唱歌、聊天，又吃東西的，阿嬤把所有把戲都玩完了，她還精神奕奕，且漸不耐煩被困坐窄小的安全椅上，不時要求：「阿嬤抱抱！」阿嬤半哄半騙，終致黔驢技窮。

眼看諾諾已開始不耐地設法要爬出安全椅，忽然高速路上一輛閃著警示燈的警車揚長而過。阿嬤不得已開始出言恫嚇：「警察來了！」海蒂長到這麼大，全家人從未拿警察來嚇她，因為她講理、守法，即使搭乘公車，也一定要乖乖繫安全帶，從無二話地服從安全守則。如今碰到一位「番婆」諾諾，實在沒法子，只好動用警察權，原封祭出小時候被恫嚇的手段。

諾諾知道「警察」是什麼意思嗎？為何一聽「警察來了！」她就收斂了不法的行為？顯然這個自古以來便被廣泛運用著的威嚇，雖然無聊，卻顯然有效。因為，直到今天早上，諾諾還壓低了聲音偷偷告訴阿嬤：「警察來了！」然後，躡手躡腳地走開。

1Y8M 再一次

今日是阿公和阿嬤的三十八周年結婚紀念日，也湊巧是孫女的爸拔生日。

昨晚，一家人聚餐；今晚，兒子跟媳婦帶了蛋糕和孫女們前來慶祝。兩個小傢伙好興奮，諾諾尤其失控，生日及結婚快樂歌唱完，許願結束，吹熄蠟燭，媽麻撤掉蠟燭，她一次次不厭其煩撿回來說：「再一次。」

幸好事情有兩樁，主角有三個，生日快樂歌唱完，又唱了結婚快樂歌。歌唱了又唱、願望許了又許，七嘴八舌的，好不熱鬧。公親變事主，小孫女們根本喧賓奪主，但爸拔、阿公、阿嬤好開心，也好甘心屈居配角。

三十八年的日子不算短，其中甘苦、冷暖自知，總算都熬過來了！往後希望不止年齡增長，更能增長智慧，平安過日子。

1Y8M4D 維納斯也怕冷

牆角矗立了一座維納斯石膏雕像，兩位孫女都認定那是她們媽媽的化身，常過去跟她噓寒問暖的。

最寒冷的冬日，才一歲八個月小孫女諾諾穿戴整齊後，游目四顧，忽然看到光著上身的雪白維納斯，擔心地回頭跟阿公、阿嬤說：「媽媽沒有穿衣服，冷冷。」阿嬤無計可施，只好取出浴巾幫維納斯裸露部位遮掩一番。

阿公說：「這一圍，維納斯變身苦命的叫化子了！」姑姑說：「才不哪！維納斯要去溫泉池裡泡湯啦！」諾諾則指著自己的衣服說：「媽媽穿了衣服，跟諾諾一樣。」

1Y8M6D 玉米在路上

諾諾的語言進度簡直一日千里。

今午回來，阿公正在午休。阿嬤估量也該起床了，嗾使兩位孫女去臥房叫醒阿公。

兩人牽著手走去臥房門口，偷偷望了一眼，又往回走。姊姊來請阿嬤一起去叫，妹妹的反應讓人吃驚，她大器地曉阿嬤以大義說：「阿公在睡覺，不要打擾他。」傍晚，姊姊睡著了，諾諾換了另一個說法：「姊姊在睡覺，不要吵她。」

晚餐時，阿嬤用筷子插了一截玉米給她，她咬不起來；阿嬤幫她先咬出一行隙縫，再遞給她。她看了一眼，說：「玉米在路上。」簡直是在寫詩了，姊姊笑翻，問：「玉米又沒有腳，怎麼能在路上走！」目前最常說的話是跟姊姊搶東西失敗時高喊的：「我的，我的，我先拿到的。」

前些日子，阿公幫她剪了指甲，她跑來跟阿嬤炫耀，說：「阿公剪的，阿公剪得好漂亮。」今日看到書架上阿公的照片，很諂媚地說：「阿公的照片好漂亮。」不小心跌倒，很有擔當地笑著說：「諾諾自己跌倒了。」回頭跟阿公撒嬌：「阿公抱一下下啦！」

剛剛看到人家從臉書上送來的哭泣貼圖，很有同情心地說：「可憐啊。」試圖把帽子戴在姑姑頭上，戴了幾次沒成功，遺憾地說：「姑姑戴不下。」頑皮地把帽子往自己臉上蓋，再打開，熱情地問：「姑姑，妳好嗎？」

看到臉書上阿嬤Po出她的照片，很驚喜讚歎：「諾諾好可愛哦！」看到一張偷戴阿嬤眼鏡的照片，笑說：「戴阿嬤的眼鏡好好笑！」坐在阿嬤膝上看臉書後，甜甜地說：「我最愛阿嬤了。」除了愛，能拿這樣的小孩怎麼辦啊！

1Y8M11D 騙來騙去

今早，嬤孫醒來賴床，阿公去張羅早餐。

姑姑進來躺床上，諾諾用哭哭的聲音推走她，抗議：「不要躺阿公的位置。」姑姑愣了一下，也用哭哭的聲音回說：「為什麼不行，我偏要躺我爸的位置。」諾諾也愣了一下，隨即用力推走姑姑，大聲喊：「阿公快來！」

阿公不停地追著諾諾餵早餐，討價還價的。諾諾說：「我要畫畫。」阿公就說：「再吃一口，阿公就給妳畫畫。」諾諾說：「來遊戲吧。」阿公就說：「再吃一口，阿公就陪妳玩遊戲。」

就這麼一口一口的，諾諾說：「我要去中正紀念堂餵魚。」阿公就說：「再吃一口，阿公就陪妳去餵魚。」阿嬤看不下去了，插嘴：「阿公，要做得到才能承諾，不能騙人的。」阿公忽然耍賴地說：「那她還不是常常騙我們！」

原來阿公和諾諾兩人之所以那麼麻吉，就是這樣相互騙來騙去的。

1Y8M12D 同感歡喜

諾諾越來越可愛，每句話都講得很完整，幾乎已經能充分表達她個人的心意了。

前天姑姑買了一株小聖誕樹回來，海蒂雖然說：「我們學校的聖誕樹好大。」但還是興致勃勃跟姑姑一起妝點聖誕樹，看著彩色燈泡閃閃發光，開心極了。

昨日輪到諾諾前來，阿嬤打開電源那刻，她忘形地歡呼起來：「耶~聖誕老公公。」然後一整天稱呼那棵樹「聖誕老公公」，不管阿嬤如何糾正她。

小姑姑今日去誠品代阿公、阿嬤和她自己購買了許多小禮物，用了可以拖行的旅行箱拖回。今早起來，諾諾可開心了。大人們決定不編造聖誕老公公送禮物的戲碼，就純粹是家人的親密歡喜餽贈。

越來越有個人主張的諾諾，已經不是昔日阿蒙，對人生開始有了意見，這點阿嬤覺得她深受姊姊的薰陶。遣詞用字逐漸精準圓熟，也會生氣地嘟嘴跑到一旁面壁低頭。而那時的她，十之八九是想睡了。

但多數時候的她，乖巧甜蜜，很會撒嬌，讓人打從心裡歡喜。聖誕夜已過，雖然不信教，卻也和基督徒一樣，同感歡喜。

1Y8M18D 阿公變成一頂安全帽

教了諾諾全家人的名字。

她領悟力強，記憶力好，隔段時間再問，都記住了，也都說得清清楚楚的。

只有阿公的名字「蔡全茂」，問了一次又一次，都說是「安全帽」，怎麼也無法訂正。

阿公只好訕訕然變身成一頂安全帽。

1Y8M20D 小鳥埋頭在小紅花裡吃飯哪！

一早起來，帶著孫女在庭院內散步。問諾諾：「看到什麼？」「看到花。」

再問：「還有咧？」「看到樹。」

三問：「還有呢？」「沒有了。」

「沒有了？小鳥有沒有？」「沒有，小鳥飛走了。」

「那蝴蝶有沒有？」「沒有蝴蝶，蝴蝶去吃飯了。」

「蜻蜓咧？」「蜻蜓躲起來了。」

海蒂仔細觀察後，糾正妹妹：「去吃飯的是小鳥，妳看牠在偷吃我的花。」

阿嬤仰頭看那株紅豔豔滿枝頭的粉撲花，果然有隻小鳥埋頭在小紅花裡吃飯。諾諾也跟著仰頭，小鳥卻真的「咻！」的飛走了。

1Y8M26D 美麗的星期六

美麗的星期六，諾諾午睡去，海蒂陪阿嬤姑姑喝下午茶，阿嬤姑姑喝咖啡，海蒂喝金桔茶。媽媽交代不給小朋友甜食吃，阿嬤只好陪著海蒂吃鵝肉酥，咖啡配鵝肉酥，算是中西混搭風的下午茶。海蒂情緒高昂，跟阿嬤乾杯、吃鵝肉酥，不時跟阿嬤親熱相依偎、玩親親，讓姑姑照相，三代人笑得猖狂極了。

海蒂累了，在沙發上倦極而眠；輪到諾諾起身，接續跟阿嬤扮家家酒，她抱了芬伶姨婆送的櫻花兔子，說是要幫兔子洗頭。她把腳抬到小竹凳上，把櫻花兔打橫放在膝蓋上，完全是阿公給她洗澡的架式。接著模仿姊姊背包包下課回家，跟阿嬤對話的戲碼。「阿嬤，我回來了。」「今天在學校開心嗎？」「開心。」「有乖乖嗎？」「有。」「有交到好朋友嗎？」「有。」「好朋友叫什麼名字？」「舒舒。」「跟好朋友做什麼？」「一起玩。」一整套的姊姊語彙，小孩子的觀察模仿能力真驚人。

1Y9M7D　享受小孫女的貼心招待

晚間，阿嬤卯足勁，跟兩個小孫女拚命了。說完故事、看完圖書，已經嗓啞力盡，還掙扎著提議玩「倫敦鐵橋垮下來」遊戲，邊唱邊做彎身動作，最後一句還要快速蹲下拘捕穿越的小孫女。

這對老人家而言，可是高難度的，當然得有足夠的誘因才行。阿嬤訂定遊戲規則，不管是誰，大人小孩都一樣，被垮下的倫敦大橋罩住的，有義務被其他人親吻。這條款，算是阿嬤的奸計，不管吻人或被親吻，感覺都穩賺不賠，小孫女細皮嫩肉的，親起來太過癮。就這樣，輸了被吻；贏了吻人，小姑姑阿嬤海蒂和諾諾笑成一團，親過來吻過去的，大家都覺得很值得。

新近，阿嬤還另外發明一種新遊戲。海蒂的爸拔媽麻規定不能讓小朋友看手機或電腦，說是醫生嚴重警告。這警告阿嬤早說了，但小孩精力無限，雖明知卻禁之不絕，畢竟大人也不是鐵金剛，有時實在疲累不支，這時，手機之為用大矣。

但既然醫生都說了，得當一回事。諾諾是3C產品的重度使用者，每回提出請求，阿嬤為求貫徹，使出撒手鐧，問諾諾：「看手機會變成什麼？」諾諾回：「會變成瞎子。」此時，阿嬤就將眼珠往上翻，做出可怕的樣子說：「瞎子就是這樣。」然後作勢將上翻的眼珠子用一手取出來，另一手剝殼「把蝦子皮剝一剝，吃掉。」然後往嘴巴送進去。

接著，眼珠子不見的阿嬤，摸索著找，假裝一直找不到諾諾的嘴巴，著急地說：「阿嬤找不到，找不到嘴巴可以親，怎麼辦？」諾諾看阿嬤東張西望，情急之下，捧住阿嬤的臉，對嘴就親。然後，格格發笑，阿嬤跟小孫女百玩不厭。

爸拔來了，看嬤孫正玩著，納悶問：「這是哪招啊？」他不知，這招真管用，瞎子變成蝦子後，諾諾就完全忘了要看手機，而阿嬤也樂得享受小孫女的貼心招待。

1Y9M12D　婉約與直白的示愛

早上，阿嬤前進義講的第四十一場——苗栗高中。回到家已是兩點多，諾諾聽到阿嬤的電鈴聲，藏進臥房的棉被裡，笑得唧唧咯咯的，阿嬤一手掀開，她馬上起身撲將過來，跟阿嬤撒嬌，好像久別重逢一般，蹭來蹭去的，阿嬤好受用，感覺平日來的奔走疲勞頓時全煙消雲散。

最近，她的語言進步神速，常有驚人之語。阿公哄她睡，她見阿嬤回來，再也不肯安分躺著，老氣橫秋跟阿嬤說：「那我們出去玩。」阿嬤的外套拉鍊拉不上，埋著頭研究許久，她忽然插嘴：「這件事情好困難。」阿嬤帶她下樓去，穿了一雙阿公的拖鞋，她也瞪大眼睛很不以為然地指責：「為什麼妳要穿阿公的！」都把阿嬤嚇了一大跳。

阿公是她的最愛。晚上，阿公為姊姊說故事，她鑽進書本跟阿公間，不時把頭埋進阿公的懷裡或倚在阿公胸前，說：「阿公，愛你哦！」「阿公，愛你哦！」讓阿公心花怒放的，這樣直白的示愛，絕對不是模仿自姊姊，姊姊只會送愛心圖案或幫阿嬤洗臉刷牙或撲粉，海蒂是婉約派的。

1Y9M20D 陪阿公

小孫女諾諾也到了愛照相的年紀，不！應該說愛拿照相機照相的年紀。

前天在家，拿了一個稍稍故障的相機，到處獵奇。阿公跟小美樂成了她的麻豆，阿嬤則像《莊子》裡所說「螳螂捕蟬，黃雀在後」的黃雀，拍下了她照相的專注，和阿公百分百的配合。

她愛阿公，不時竄到阿公懷裡示愛，煞是惹人疼愛；也喜歡聽阿公說故事，只是這方面的專注力還不太夠，沒兩下就跑了，以為她沒聽進去，但會在其後無意間中透露出她的理解內容，非常準確地將故事所說履踐在生活裡。譬如：看完《分享》（親子天下）一書，隔幾天就會在看到姊姊的拼圖時，喃喃自語：「搞得亂七八糟的。」看到小被被時，露出嫌惡的表情說：「搞得黏答答的。」看到喜歡的東西，會撒嬌地說：「寶寶也要！」好吃的東西來了，歡快地喊：「一起吃吧。」這分別都出自童書裡的情節，聯想力超強的。

她跟她的爸拔、姊姊小時候一樣，常把詞句說反，沙發變成「發沙」，牛肉說成「肉牛」，最常說的是：「陪阿公。」明明是要阿公陪，卻說得彷彿是她主動要陪可憐的阿公，得了便宜還賣乖。

廖玉蕙作品集16

送給妹妹的彩虹

作者　廖玉蕙
插畫　徐銘宏
攝影　蔡含文、海蒂
責任編輯　張晶惠
創辦人　蔡文甫
發行人　蔡澤玉
出版發行　九歌出版社有限公司
臺北市105八德路3段12巷57弄40號
電話／02-25776564・傳真／02-25789205
郵政劃撥／0112295-1
九歌文學網　www.chiuko.com.tw
印刷　晨捷印製股份有限公司
法律顧問　龍躍天律師・蕭雄淋律師・董安丹律師
初版　2016（民國105）年5月
定價　320元

書號　0110716
ISBN　978-986-450-059-8
（缺頁、破損或裝訂錯誤，請寄回本公司更換）

國家圖書館出版品預行編目資料

送給妹妹的彩虹 / 廖玉蕙著. -- 初版. -- 臺
北市 : 九歌, 民105.05
面 ;　公分. -- (廖玉蕙作品集 ; 16)
ISBN 978-986-450-059-8(平裝)

855　　　　　　　　　　105005294